"舒城红"系列丛书

舒城红
——行走在百公里红飘带上

Shucheng Hong
Xingzou zai Bai Gongli Hong Piaodai Shang

陈 胜 编著

时代出版传媒股份有限公司
安徽文艺出版社

图书在版编目（CIP）数据

舒城红：行走在百公里红飘带上 / 陈胜编著.
合肥：安徽文艺出版社，2025.1. -- ISBN 978-7
-5396-8182-5

Ⅰ．I25

中国国家版本馆 CIP 数据核字第 2024VF6164 号

出 版 人：姚　巍
责任编辑：张星航　　　　　　装帧设计：褚　琦

出版发行：安徽文艺出版社　　www.awpub.com
地　　址：合肥市翡翠路 1118 号　邮政编码：230071
营 销 部：(0551)63533889
印　　制：安徽联众印刷有限公司　(0551)65661327

开本：700×1000　1/16　印张：13.75　字数：180 千字
版次：2025 年 1 月第 1 版
印次：2025 年 1 月第 1 次印刷
定价：58.00 元

（如发现印装质量问题，影响阅读，请与出版社联系调换）
版权所有，侵权必究

目　录

前言 / 1

概况 / 1

火焰 / 17

将军山渡槽 / 31

待从头，乡村振兴再"知青" / 44

我的父亲 / 58

铮铮铁骨，守护革命星火 / 67

片片山菊祭女侠 / 75

父子接续，代代守护 / 85

致敬胡志满 / 97

要让春风贯人间 / 108

春秋山边那轮月 / 118

龙舒长歌启瑞心 / 133

她是一只勇敢的山鹰 / 142

一生守护，死亦相伴 / 151

丰碑 / 166

飞霞已去，天地留形 / 179

钟读恩
　　——铁血丹心尽化江山秀 / 189

郎劝娘子投革命　妻把夫骸背故乡
　　——品读胡孟晋烈士家书背后的故事 / 199

前　言

舒城位于安徽省中西部，县城西南部属大别山区，中部为丘陵地带，东北部是冲积平原，地形复杂多样。舒城东邻庐江，西连岳西、霍山，南接桐城、潜山，北毗金安、肥西，北达合肥，南通安庆，交通便捷，地理位置十分重要。

1931年7月，中共舒城特别支部在柏林乡东林庵成立，从此舒城有了统一的党组织。1932年7月，中共舒城特支扩建为中共舒城特别区委，党组织进一步壮大。中共舒城特支特委的成立，标志着红色舒城掀开历史新篇章。1938年6月，高敬亭率领新四军第四支队进驻舒城，司令部设于高峰乡东港村韦家大屋，舒城成为新四军东进抗日前哨，在抗日战争史上写下光辉的一笔。舒城还曾是第二野战军渡江战役指挥部所在地，旧址为舒城中学南楼，刘伯承在这儿下达《二野渡江作战的基本命令》，这是解放战争的重要事件。舒城处于鄂豫皖边缘，从苏维埃革命，到抗日战争，再到刘邓大军挺进大别山、渡江战役，舒城红旗飘飘，薪火相传。

在中国共产党的领导下，舒城人民为了砸烂旧世界，为了建立新世界，进行着艰苦卓绝的斗争，演绎着可歌可泣的故事，也涌现出许多革命英雄人物。宋于斯将革命事业视为"天降大任"，成为中国舒城特支、特区委第一任书记，为了革命事业，献出年轻的生命。胡底，是中国共产党情报工作开拓者之一，与钱壮飞、李克农并称"龙潭三杰"。胡底还是党的文艺战线上的急先锋，在中国革命史上地位突出。吴展，这位高度近视的红军高级将领，直接参加指挥了黄安、商黄、苏家埠、黄光等著名战役，为红四方面军的发展壮大做出了重要贡献。高敬亭，长期坚持游击战争，保住了鄂豫皖的革命火种，抗战时期接受中共中央指示，率领新四军第四支队进驻高峰乡韦家大屋，吹响了抗日的冲锋号。舒城红色历史上的这些杰出人物，都是舒城好儿女，他们在舒城这块红色土地上，为劳苦大众得解放抛头颅、洒热血，立功建勋，名垂青史。

新中国成立后，舒城土地上又是一片火热，舒城人民战天斗地，艰苦奋斗，创造了一个又一个人间奇迹。龙河口水库——淠史杭水利枢纽工程的重要组成部分、皖西六大水库之一，舒城人民不用一根钢筋、一袋水泥，以最原始的方法和工具筑就的千米人工大坝，被誉为"世界水利史上的奇迹"。将军山渡槽——横跨舒城和金安区交界处，沟通淮河水系和长江水系，是目前全国最长的渡槽。这同样是舒城的几万儿女靠肩挑背扛完成的伟大工程。1958年9月16日，对于舒城人来说，是一个无比光辉的日子，这天，毛主席来到舒茶镇，手指青岗岭说："以后山坡上要多多开辟茶园。"而今，青岗岭被开辟成高标准梯式茶园，被命名为"舒茶九一六茶园"，同时建成的"毛主席视察舒茶纪念馆"，将那振奋人心的时刻定格。

为了缅怀英雄，传承红色基因，展现舒城红色文化，我们拟出一条舒城红色行走线路：中共舒城特支特区机关旧址—第二野战军渡江战役指挥部旧址—胡底烈士纪念馆—李华玉烈士墓—将军山渡槽—皖西知青纪念馆—舒城县烈士陵园—龙河口水库纪念馆—平田烈士墓—安菜山烈士墓—新四军四支队革命纪念馆—春秋乡方山寨革命烈士墓—吴展烈士纪念馆—胡孟晋烈士纪念室—舒城县东沙埂革命人物展览馆—毛主席视察舒茶纪念馆。这条红色行走线路从城关镇出发，沿途经过舒城主要干道，结束于毛主席视察舒茶纪念馆。这是一条飞舞的舒城百公里红飘带。

　　本书以这条红色行走路线为依托，首先给大家展示一幅红色地标地图，这红色地标像一把把火炬，照亮了舒城的山山水水，又像一面面红旗，映红了舒城这片土地，给大家呈现一个个清晰的红色行走集结点，为舒城百公里的红色行走做向导。我们再用图片和文字的方式，对舒城的主要红色地标做简要介绍，让大家结合红色地标地图阅读，从而对这些红色地标有清晰的了解，对舒城红色文化建立整体的认知。我们又选出一组关于舒城红色教育和红色旅游的图片，从不同视角、不同层面反映舒城红色教育和红色旅游的状况，展现舒城红色文化的浓郁气氛。本书的主体部分是20篇纪实作品，具体讲述舒城的红色故事，力求做到选点精当，史料确凿，文字朴实，内容生动。撰写这些作品的作者全部来自舒城，他们反复查阅材料，深入实际采访，挖掘红色精神，精心撰写成文。这些作者对舒城红色文化感同身受，希望通过文字，将舒城的革命英雄事迹讲述得更生动，将舒城的红色精神表现得更充分，笔墨间洋溢着对舒城红色文化的真切深情。

　　本书从不同历史阶段、不同社会层面，体现题材的历史长度和社会的宽度，多角度、多层面讲述舒城红色故事，全方位揭示和展现舒城红色精神，体现舒城红色文化的厚度和延展性。20篇作品包含土地革命、抗日战争、解放战争等不同时期的红色革命故事，包含社会主义建设时期的诸如兴建龙河口水库、将军山渡槽等战天斗地艰苦奋斗的激情故事，还包括那火热年代的知青故事等内容，经纬交错，涵盖全面，真实、具体、深入地呈现舒城红色文化整体面貌。

希望这本书更多地承载舒城红色基因,在红色旅游和红色文化教育中,教育党员干部、百姓群众、莘莘学子不忘红色历史,传承红色文化,弘扬红色精神,发挥引领和推进作用。

概 况

中共舒城特支特区机关旧址

中共舒城特支特区机关旧址位于六安市舒城县柏林乡宋圩村,旧址原名东林庵小学,建于清代。1931年7月,中共中央巡视员刘敏到舒城巡视工作,将春秋山、秦家桥两个支部以及城区党员统一组织起来,成立舒城特别支部。随着土地革命斗争的深入开展,舒城党组织得到进一步壮大发展,到1932年上半年,舒城特支所属的党员已有30余名。1932年7月,中共舒城特别支部扩建为中共舒城特别区委,隶属于合肥中心县委，特区委机关设于宋圩村东林庵小学。这里也是革命先驱宋于斯当年生活、工作、战斗的地方。

自2012年始，中共舒城县委、上级文物单位先后拨款千万余元，将东林庵小学恢复原貌，并设立特区委展览室。中共舒城特支特区机关旧址被列为六安市重点文物保护单位、六安市党员干部党史教育基地、舒城县重点文物保护单位、舒城县爱国主义教育基地。

第二野战军渡江战役指挥部旧址

第二野战军渡江战役指挥部旧址位于六安市舒城县舒城中学南楼。

1949年3月，中国人民解放军第二、第三野战军向江北推进，准备渡江作战。4月3日，第二野战军在刘伯承司令等率领下进驻舒城，指挥部设于舒城中学南楼，《二野渡江作战的基本命令》在此下达。舒城人民为支援渡江战役，有钱出钱、有粮出粮、有人出人，为渡江大军提供了大量的粮、草、油、雨伞、担架和支前民工。两个多月，全县筹得"渡江粮"878万多斤，"渡江款"5.0219万元，柴草965.36万多斤，食油4.5万斤，食盐5万斤，斗笠1000顶，雨伞2800把，大洋布

500 匹，军鞋 1.55 万双，出动常备民工 4500 名，临时民工完成工作日 91 万多个，为渡江战役的胜利做出了贡献。

2012 年，舒城中学南楼被列为第七批省级文物保护单位。

胡底烈士纪念馆

胡底烈士纪念馆位于六安市舒城县干汊河镇洪宕村。胡底，原名胡百昌，又名胡北风，1905 年出生于干汊河镇洪宕村，1925 年加入中国共产党。

20 世纪 20 年代末期，胡底作为中共中央特科卓越的情报员，和钱壮飞、李克农一起打进蒋介石的最高特务机构——国民党中央党部党务调查科。三人冒着生命危险，深入龙潭虎穴，传递出大量的敌人机密情报，周恩来总理曾给予三人"龙潭三杰"的赞誉。胡底在党的七大会议上被追认为革命烈士。1981 年 12 月 8 日，国家民政部根据中共中央调查部的建议，再次追认胡底同志为革命烈士。

2014 年 6 月，胡底烈士纪念馆在安徽省国家安全厅的支持和指导下兴建，2015 年 7 月 1 日正式建成并对外开放。2019 年，其被授予"安徽省国家安全教育基地"称号。

李华玉烈士墓位于六安市舒城县张母桥镇冒峰村。李华玉于 1902

李华玉烈士墓

年出生在张母桥镇冒峰村，1929年春，经中共六安草陂塘支部书记汪孝芝介绍，加入中国共产党。当年秋，舒城第一个农村党支部——中共西八里稻场岗支部成立，李华玉任书记，同时任张母桥乡赤卫队负责人。1932年春，在苏家埠战役的最后阶段，中共六霍县委组织六安、舒城边界地区人民于冇牛岗举行暴动，李华玉率领赤卫队100余人参加冇牛岗暴动。后六霍二区的第五乡（张母桥乡）、第八乡（稻场岗乡）苏维埃政府成立，李华玉任六霍县委秘书。

1932年5月，胡宗南第一师到张母桥"清剿"，李华玉及赵衍兵等人不幸被捕。审讯期间，李华玉等人经受住了敌人的严刑拷打，始终没有透露出党组织的任何机密，后英勇就义。

2021年3月，张母桥镇党委按照《烈士纪念设施保护管理办法》，将冒峰村的李华玉烈士墓重新修缮，以此告慰先烈英灵，也为全镇爱国主义教育提供了场所。

将军山渡槽位于六安市舒城县张母桥镇东岗村，是全国三大灌区之一"淠史杭工程"的重要组成部分、沟通淮河水系和长江水系的重要枢纽。渡槽于1969年始建，1971年竣工，全长894米，平均高20米，

将军山渡槽

宽7米，16个桥孔，设计每秒过水流量23立方米，是当时全国最长的渡槽。渡槽两端矗立两座刻着毛主席话语的巨大桥头堡。

当年，"南水北调"的号令刚一下达，三四万社员便紧跟着党员干部、工程师和技术工人奔赴将军山，"千军万马会战将军山"的场面惊心动魄。那年月，没有大型机械，没有工程车，没有起重机，没有混凝土搅拌机，只有一双双粗糙的手，一副副压不垮的肩，一声声响彻云霄的劳动号子，没有人喊累，没有人提报酬，没有人在不可能完成的任务面前退缩。艰苦奋斗、奉献牺牲的淠史杭精神也被永远传承下来。将军山渡槽现是全县爱国主义教育基地。

皖西知青纪念馆位于六安市舒城县张母桥镇砂院村，2023年12月建成开馆。

20世纪60年代初到70年代末，一批又一批知青义无反顾投入农村建设中。1970年，十八岁的李田强被下放至砂院村，1981年返城回上海。返城后，他始终心系砂院村，经常帮助去上海治病、务工、求学的乡亲，乡情始终在沪皖之间温暖传递。2012年，退休后的李田强回到

皖西知青纪念馆

砂院村发展农业项目,不求分文回报,持续耕耘在砂院村的山山水水、田间地头。李田强无私无畏的精神提振了张母桥干部群众推动乡村发展的信心与决心。

在国家乡村振兴战略背景下,为贯彻落实县委县政府对接长三角一体发展战略,继承老一辈知青的奉献精神,张母桥镇以"自然生态"和"知青故事"为基底,打造"农文旅居"一体化的知青村,为乡村振兴找到新的突破点。

舒城县烈士陵园坐落于六安市舒城县万佛湖镇沃孜村,2012年8月开始筹建,2015年5月完工。陵园占地面积16650平方米,包括英雄纪念碑、烈士英名墙、浮雕墙和烈士纪念馆等纪念设施,是舒城县第一批县级烈士纪念设施。

陵园中安葬有中共舒城特别区委书记宋于斯,爱国民主人士吴厚明、吴之云父子,"无私无畏的英雄战士"吴高林以及新时代党的好战士强玉生等1597名烈士的遗骸,其中,有名烈士110名、无名烈士1487名,单穴墓体372座,合葬墓12座。

舒城县烈士陵园

2022年4月,舒城县成立烈士陵园管理处,隶属舒城县退役军人事务局管理。舒城县烈士陵园在进行人生理想信念教育、为人民服务的宗旨教育、爱国主义和革命传统教育、艰苦奋斗和党风廉政教育中,都有着其不可替代的特殊地位和作用。

龙河口水库纪念馆

龙河口水库纪念馆位于六安市舒城县万佛湖镇,坐落在龙河口水库东、西大坝之间。纪念馆由水库展馆、地质展馆和水博馆组成,主要展示了舒城人民修建水库的过程及水库建成后泽润千里的场景。

龙河口水库始建于1958年，是淠史杭水利枢纽工程的重要组成部分，皖西六大水库之一，湖面50平方千米，库容9.03亿立方米，属国家地表Ⅱ类水。龙河口水库以千米人工大坝闻名于世，在修筑中没用一根钢筋、一块水泥，是舒城县人民用最原始的方法和工具耗时三年建成的。水库减轻了洪水对下游的威胁，基本消除了沿河两岸的水灾，灌溉周边县区农田155万亩，建成发电站5座，年发电量1300万度，为周边县区的经济建设和社会发展做出了卓越的贡献，发挥了防洪、灌溉、发电、渔业养殖和旅游等多方面效益。目前，通过引水工程，龙河口水库为合肥输送1.2亿立方米原水。联合国大坝委员会前主席托兰称赞它是"非常了不起的工程""世界水利史上的奇迹"。

平田烈士墓

平田烈士墓位于六安市舒城县晓天镇双河村塘埂组。烈士墓占地面积约1200平方米，分上、下两层，第一层安葬在1932年驼岭鸡笼寨战斗、1933年小涧冲至板仓一带战斗中牺牲的22位烈士的遗骸，第二层安葬抗日战争至解放战争期间在此战斗牺牲的34位烈士的遗骸。

1967年3月,舒城县民政部门和当地干部群众将56位烈士的遗骸从各处迁往双河村塘埂组的小山坡上,按时间分上、下两层进行安葬。由于当时战斗频繁,牺牲的烈士多为当地群众所秘密掩埋,已无法获取他们的姓名等资料。因此这座烈士公墓实际是一座无名英雄纪念碑。

1991年,舒城县民政局及平田乡党委政府重新对烈士墓进行维修,是年10月竣工。2002年,平田烈士墓被列为全县重点文物保护单位。

安菜山烈士墓

安菜山烈士墓位于六安市舒城县庐镇乡安菜村陷田冲。烈士合葬墓长8米、宽7米、高2米,收殓57名烈士的遗骸。墓碑正面书写"革命烈士纪念碑",左书"英名垂青史",右书"忠魂看宏图",背刻祁荣富等烈士的姓名。

1947年9月,中国人民解放军晋冀鲁豫野战军(刘邓大军)跃进大别山,在敌后开辟革命根据地,安菜山成为刘邓大军三纵八旅24团后方医院所在地,接收在1947年至1948年的桐城老梅河、挂车河、青草塥,潜山,舒城庐镇关和解放岳西县等战斗中英勇负伤的指战员。因伤势过重、缺医少药，57位战士先后牺牲，当地百姓将他们安葬在山坡上。

1964年冬，庐镇乡人民政府将57位烈士的遗骸迁葬在一起，修建墓园、立碑纪念。2010年，安菜山烈士墓被录入《近现代重要史迹及代表性建筑物名录》。

新四军四支队革命纪念馆

新四军四支队革命纪念馆位于六安市舒城县高峰乡东港村、西港村。1938年6月，高敬亭率新四军四支队进驻舒城，将政治部设在东港村韦家大屋，将司令部设在西港村钝斧庵，在这里指挥四支队英勇顽强地抗击日寇。尤其是蒋家河战斗，打响了新四军对日作战的第一枪，在抗日战争史上具有重要的意义。

为继承和弘扬新四军的革命传统和精神，舒城县人民政府多方筹集资金，对新四军四支队政治部和司令部旧址进行了修缮，扩大陈列展览面积，对散落民间的革命文物进行抢救性征集保护，充实用于陈列展览的实物资料。同时在旧址左侧的山上修建烈士塔和大型汉白玉浮雕等纪念性景观。

新四军四支队革命纪念馆现是国家 AAA 级旅游景区、安徽省第六批爱国主义教育示范基地、全省廉政文化示范基地、第五批安徽省社会科学知识普及基地、六安市青少年革命传统教育示范基地，入选《第三批国家级抗战纪念设施、遗址名录》《全国红色旅游经典景区名录》，以及全国"建党百年红色旅游百条精品线路第 19 条线路"。

胡志满烈士墓

胡志满烈士墓位于六安市舒城县春秋乡方山寨烈士陵园。

胡志满，1902 年出生于舒城。1930 年春，胡志满加入中国共产党，以理发为掩护从事革命活动，成为春秋山、枫香树一带的革命的宣传者和组织者之一。1932 年春，中共舒城特区委员会成立，下辖城区、春秋山、宋家圩、秦家桥、张母桥五个支部，胡志满任春秋山支部书记和汤池游击队队长，先后配合合肥游击队攻取伪汤池区公署，配合皖西北游击大队在春秋山附近的三尖寨冲出重围，掩护孙仲德、曹云露部队顺利进行短期休整。中央巡视员到舒城重建中共舒城特支时，他为恢复春秋山党组织做出了贡献。

1936年1月25日,胡志满等九人驻宿方山寨,不料被叛徒告密,次日遭敌重兵包围。突围中,他腿部和腰部负重伤,藏入岩缝中,以岩石为掩护向敌人还击,不幸身中数弹,壮烈牺牲。

吴展纪念馆

吴展纪念馆位于六安市舒城县阙店乡。吴展,阙店乡三湾村吴圩人,1899年出生,1924年加入中国共产党,1933年牺牲。他是黄埔军校第一批学员,曾任鄂豫皖红四方面军第十师参谋长,参加、指挥过黄安、商黄、苏家埠、黄光战役,对鄂豫皖革命根据地的建设和取得第二、三、四次反"围剿"的胜利做出过卓越的贡献,1945年在中共七大上被追认为革命烈士。

2017年,阙店乡党委政府筹资140万元建设吴展纪念馆,2019年正式开馆,展馆以年少求学、参加革命、英勇献身三个部分再现了吴展光辉的一生,陈列了吴展烈士的生平遗物以及图片资料。吴展纪念馆现是六安市党员干部党史教育基地、舒城县革命传统教育基地。

胡孟晋烈士纪念室位于六安市舒城县百神庙镇舒平村兴圩组,距胡

胡孟晋烈士纪念室

孟晋烈士墓400米，由烈士遗孀生前居住房屋改造。

胡孟晋，舒城县百神庙镇人，1912年出生，1947年牺牲，曾任新四军第四支队政治部战地服务团组长，新四军第五支队司令部秘书，中共嘉山县委秘书兼自来桥区委书记，中共（无为）五区区委书记兼组织部长，中共白湖中心县委委员、宣传部长等职，为皖江根据地建设做出了重要贡献。胡孟晋烈士纪念室陈列了胡孟晋烈士的照片、文件和家书等重要文献资料，展现了胡孟晋烈士为了民族独立、人民解放做出的光辉业绩。其中，他在革命期间写给家人的15封书信等展品饱含了他"舍小家、为大家"的家国情怀和"不做金钱的奴隶"的浩然正气，诠释了中国共产党人为中国人民谋幸福、为中华民族谋复兴的初心和使命。

胡孟晋烈士纪念室的建成，为常态化长效化开展党史学习教育、宣传红色革命文化以及开展爱国主义教育等活动提供了活动场所。

舒城县东沙埂革命人物展览馆位于六安市舒城县南港镇沙埂村，沙埂村是抗战期间舒城第一个党支部——东沙埂党支部、舒城第一支抗日武装——东沙埂抗日游击大队的诞生地。

舒城县东沙埂革命人物展览馆

该展览馆由舒城县南港镇党委政府投资修建，2021年12月15日正式开馆。全馆占地面积约4000平方米，其中革命广场3600平方米，广场四周墙面绘有革命人物、战斗场景等。展览馆主要分为序厅、南港烽火、南港英杰、继往开来四大板块，通过图片、雕塑、场景还原、实物展示等多种形式，生动再现了东沙埂先烈们英勇斗争、不懈奋斗的革命历程，成为舒城县又一集纪念、宣传、教育于一体的红色基地。

毛主席视察舒茶纪念馆位于六安市舒城县舒茶镇人民政府西侧。舒茶是全国闻名的茶叶之乡，1958年9月16日，毛主席视察舒茶，手指着青岗岭并提出"以后山坡上要多多开辟茶园"。在毛主席亲自关心下，青岗岭被开辟成了高标准梯式茶园，即舒茶九一六茶园。舒茶九一六茶园是中蒙俄万里茶道、500里六安茶谷的东大门。

该纪念馆于1968年建造，同年9月16日在毛主席视察舒茶人民公社成立十周年之际开馆，取名"舒茶展览馆"。1998年，在毛主席视察舒茶四十周年、改革开放二十周年之际，舒茶展览馆大规模调整展板内

毛主席视察舒茶纪念馆

容，再现毛主席视察舒茶时原貌，搜集整理文物展品，更名为"毛主席视察舒茶纪念馆"。

建馆以来，纪念馆接待前来接受爱国主义教育、革命传统教育和廉政教育的人员500多万，有28个国家和地区的外国友人来访。纪念馆现被评为国家AAAA级旅游景区、全国百条红色茶乡旅游精品线路、长三角生态农业与休闲旅游景点、安徽省首届十大最美茶旅线路之一，是安徽省生态农业与乡村旅游示范园、安徽省中小学研学实践教育基地、六安市爱国主义教育基地。

火　焰

一

1937年7月,天气炎热,骄阳似火,万物仿佛被炙烤得啪啪作响,似要燃烧。

宋家圩子的一座清代庭院,灰墙黛瓦,院子中央两棵柏树傲然挺立。这儿是一所学校——东林庵国民小学。

夜深了,月亮不知躲到哪儿去了,天上的星星倒是竞相争辉,眨巴着眼睛,像要看清什么。

此刻,这座清代庭院里,一张小方桌前围坐着七个人,一个豆油灯闪着些许光芒,将黑夜撕开。一位商人模样的汉子侃侃而谈:"同志们,革命形势风起云涌,我们舒城各地党组织在斗争中不断发展壮大。截至1931年上半年,全县各地已秘密建立起十几个党小组或党支部,党员100余人。各地党组织分别隶属于六安、潜山、合肥、霍山等县党组织,迫切需要理顺舒城各地党组织关系,实现统一领导,方便舒城开展党组织活动和革命斗争。"

这位汉子叫储鸣谷,是时任六安中心县委组织部部长,被派遣到舒城开展革命工作,接受中共中央巡视员刘敏指示,召集在舒城的党的活动骨干分子召开这次会议，成立中共舒城特别支部。参加会议的除储鸣谷外，还包括宋于斯、汪伯民、凤仞千等。

储鸣谷的话说到大家心坎上。"对，我们应该成立中共舒城特别支部。"大家纷纷表示赞同。

这个偏隅一方的小小四合院中气氛十分热烈，大家想用掌声表达兴奋之情，却被储鸣谷制止了。大家才意识到这是个在漫漫黑夜中召开的秘密会议。

"我提议宋于斯为支部书记候选人，下面开始举手表决。"

随着储鸣谷的声音落下，大家都庄严地举起了手，有人低声应允："我同意。"大家将目光投向一个书生模样的年轻人脸上。这位年轻人便是宋于斯，才25岁，却格外成熟，充满自信，一脸坚毅。

会议最后选举宋于斯为特支书记，汪伯民、凤仞千为委员。中共舒城特别支部正式成立，隶属合肥中心县委领导。

宋于斯做表态发言："中共舒城特别支部是舒城第一个统一的党组织，它的成立意义重大，肩负领导舒城党组织活动的使命。感谢大家选举我为中共舒城特别支部书记，这是大家对我的信任，是上级党组织交给我的任务，我肩上的担子很重，但我的名字叫宋于斯，我立志为共产主义事业，为人民的解放奉献终身。"

储鸣谷点点头，扫视了一下全体与会者，说："同志们，我首先向中共舒城特别支部的成立表达热烈的祝贺，向宋于斯书记，向各位支部委员表示热烈的祝贺。下面，我们讨论研究今后中共舒城特支的工作任务和奋斗目标。"

于是大家又热烈地讨论起来。

墙上悬挂着一面鲜艳的红旗，宋于斯"唰"地站起来，其余几人也一起站起来，向墙上的红旗庄严宣誓。

中共舒城特别支部的诞生，改变了过去舒城各地党组织各行其是的松散状况，尤其是使舒城城区及周围地区党组织得以统一，便于协调工作。它为舒城中东部地区党的发展和革命斗争的深入开展提供了有力的组织保障。

二

1906年，舒城县柏林乡宋圩村的一户富裕人家里，一个男孩呱呱坠地，一家人欢喜得不得了。孩子的祖父是位塾师，能识文断字，他捻了捻胡须，摇头晃脑地说："嗯，宋继圣。圣者，崇高卓绝之意也。"接着老人又摇了摇头，捻了捻胡须说，"嗯，宋继盛。盛者，兴旺繁盛之貌也。"

老人吟哦半晌，一会儿宋继圣，一会儿宋继盛，难以取舍，于是这孩子既叫宋继圣，又叫宋继盛，无论是宋继圣，还是宋继盛，都可见这个家族对孩子寄予厚望，希望孩子成为一个有志气、有作为的人。

宋继圣（盛）到了蒙学之年，便进入东林庵国民小学读书，这是个国民革命之后设立的新式学堂，但所教科目依然是蒙学读本和四书五经，而给宋于斯授课的不是别人，正是宋于斯的爷爷宋传铭。宋传铭本在村里设馆教书，新式学堂建立后，他成了这儿的教员，教学内容换汤不换药。

于是宋于斯成天摇头晃脑地读《三字经》《百家姓》《千字文》，读《论语》《中庸》《大学》《孟子》。

这天，宋于斯用毛笔在习字本上工工整整落下"宋于斯"三个字。宋老先生深感茫然。宋于斯则有声有色地背起《孟子》来："天将降大任于斯人也，必先苦其心志，劳其筋骨，饿其体肤，空乏其身……"

宋于斯背完这些句子，对爷爷说："从今往后，我不叫宋继圣，也不叫宋继盛，我叫宋于斯。"

老塾师心领神会，捻着胡须哈哈笑了："嗯，宋于斯。你要做那个斯人啊！"

宋于斯点了点头，在他小小的心灵里，立下担负起天下大任的信念，为此他要勇于担当，不惧各种困苦磨难，无论付出怎样的牺牲也在所不惜。

宋于斯爷爷见自己有这样有志气、有抱负的孙子，深感欣慰，不住地笑着。

15岁时，宋于斯考上了安徽省立第六师范学校，来到合肥读书。在这儿，宋于斯读到了《申报》《大公报》《淝水怒潮》等报刊，接触到进步思想。尤其是《淝水怒潮》，它是省立六师在"五卅惨案"发生后自编的刊物，经常发表针砭时弊、唤醒民众的文章，宋于斯认真阅读，勾勾画画，写写记记，心头激荡起伏，陷入深深思考中，感觉一盏明灯照亮了心头。

宋于斯从师范学校毕业后，没有选择留在合肥发展，而是回到家乡，在爷爷所在的东林庵国民小学任教，接过爷爷的教鞭。有人感到不解，嘻嘻笑着对宋于斯说："你是喝过墨水的人，为什么又回来啦？你不是做什么'斯人'吗？在这个小地方，能有何作为？"

宋于斯回到家乡自然是深思熟虑后的选择，他是想在家乡做出一番作为。面对别人的不解，他不断告诫自己：做再大的事儿也要从小事做起。国民尚未觉醒，唤醒民众才是最基本的事儿，我要从家乡的教育做起，改变教育的面貌，才能改变民众。

宋于斯的教育内容与他爷爷的有很大的区别，增添了许多新内容，许多百姓也喜欢聚拢到他身边，听他讲这些新鲜的道理。渐渐地，宋于斯不仅在学堂"教书育人"，给孩子灌输进步思想，还给劳苦大众讲革命道理，传播马列主义。1930年5月，宋于斯联络了七位进步青年教师，与进步农民一起，成立了舒城县农民协会。

宋于斯的这些革命活动，都是他的自觉行为，是他的进步思想的体现。1930年7月，宋于斯的姐夫刘敏出现在宋于斯面前，两个人彻夜长谈，刘敏问道："听说你们组织了舒城县农民协会？"

"是的。"宋于斯对姐夫没什么好隐瞒的，同时他见姐夫思想开明，想给姐夫灌输进步思想。于是，宋于斯滔滔不绝地将他所做的工作细细说了一遍。不想姐夫重重地拍了下宋于斯的肩膀，心情十分激动，自我介绍道："我是中国共产党的特派员，你所做的工作，我们都看到了。我这次过来，不是访亲问友，而是要介绍你加入中国共产党。"

这是个庄严的时刻，宋于斯心情激动，刘敏郑重地从怀里掏出一面鲜艳的红旗，上面绣着镰刀和斧头。

宋于斯庄严宣誓。

三

从此，东林庵小学成了中共舒城县特别支委机关，也成为党的秘密活动地点。宋于斯以教学为掩护，秘密开展活动，晚上特支的几位骨干成员经常借助夜色的掩护在这儿碰头，讨论党的工作。

宋于斯说："县特支建立了，我们要加速发展党员，现在劳苦大众多，革命积极性高，我们要争取他们入党。我们党组织的力量壮大了，党的工作就更好开展了。"

与会同志深以为然，觉得这是县特支成立后的首要工作。大家就此纷纷发表意见，汪伯民说："是这个理儿，但如何发展党员呢？一个个争取他们，效率太低，跟不上革命形势，稍有不慎，还可能暴露自己，给革命带来损失。"

"组织读书会。"宋于斯说。

"组织读书会。"几个人跟着说了一遍。这是个好办法，识字读书，传播革命道理，水到渠成地发展党员。

"这也是别的地方的经验哩。"宋于斯说。

宋于斯拿出几本姐姐宋继蕴和姐夫刘敏从上海带回来的书，大家一起读了起来。

姐姐宋继蕴比宋于斯大三岁，早年与宋于斯一起在爷爷身边识字读书，但由于受封建礼教制度的束缚，不能入学堂读书。这让宋于斯深感不公平。后来，宋继蕴离开家乡，来到上海，认识了刘敏。两个年轻人情投意合，走到一起，并且先后加入中国共产党。刘敏以中央巡视员身份，来合肥地区开展革命工作，坚持地下斗争，恢复党的组织，并且担任合肥中心县委书记。

宋于斯受到姐姐和姐夫的直接影响，接受他们的直接领导，同时根据舒城党组织情况和革命发展形势，开创性开展工作，受到党员干部的欢迎，让中共舒城特别支部的工作迅速有效开展起来。

读书会首先在东林庵小学开展起来，党组织的同志在东林庵小学集中学习，然后再分散到各地，联络青年教员和进步学生，在各地组织读书会。

消息从全县各地相继传来。

"县城的读书会成立了。"宋于斯报喜。

"春秋山的读书会成立起来了，我们春秋山农会有基础，读书会开展得十分热烈，读书会成为我们农会活动的重要内容，通过读书，大家心里亮堂多了。"凤仞千兴奋地说着，滔滔不绝，没完没了。

"我们张母桥农会读书会也开展得热火朝天。"张士发把话抢过去。

"庐江县东汤池已经建立了一个党的工作点，通过读书会，很快就可以建立一个党组织。"特区委员汪伯民把工作延伸到周边县区。

"好！"宋于斯拍案叫好。

通过中共舒城县特别支委的活动，全县读书会的规模从小到大，由开始的十几个人发展到后来的十几个小组，每组七八个人。这小小的读书会，将革命的种子"一传十、十传百"，不断播种到党员、进步青年的心田中，甚至播撒到舒城保安团，还在白军中秘密发展党员，组织和发动白军哗变。

刘敏到舒城巡视工作，宋于斯代表中共舒城特别支部向中共合肥中心县委做汇报，刘敏紧紧抓住宋于斯和各位支委委员的手说："这几天，我秘密走过舒城的许多角落，把这一切都看在眼里，深感振奋。你们的工作卓有成效，根据形势发展，你们完全有能力，也有必要独立开展工作，成立中共舒城特别区委。"

宋于斯与几位特支委的同志相互看了看，纷纷说道："感谢党的信任，我们一定更加努力工作。"

四

1932年春，六安苏家埠战役打响。

苏家埠为六安西南大镇，是出入大别山的重要通道。国民党在此集结重兵，以此为据点，发动对鄂豫皖根据地的第三次"围剿"，围攻麻埠、独山。徐向前率红四方面军主力由豫西东进迎击。

中共舒城县特别支委开会讨论如何在后方呼应红军，打赢这场战役。

"我们一起参加红军吧，拿起刀枪跟国民党反动派干一场，就是死也死得轰轰烈烈的。"有人铮铮有声地说。

"我们党员带头参加红军，同时发动进步群众一起参军，我们做了这么长时间的工作，相信可以号召许多人参加红军。"

宋于斯按了按手，说："目前我们直接参战的时机并不成熟，红军需要强大的后方，中共皖西北道委给我们的指示，是在后方给红军以支持和帮助。这比我们直接参战更有意义。"

中共皖西北道委是中国共产党在皖西北一带的最高级别党组织，驻地在马家埠。

"对，这么大的战役，光凭一腔热血不行，我们要按照皖西北道委的统一部署去做。"大家觉得宋于斯说得有道理，纷纷附和。

"那么怎么去支持和帮助红军呢？"

宋于斯顿了顿，说："我们看有没有办法瓦解白军的战斗力。"

"有，"张士发说，"我们在敌军中发展了不少党员，此刻可以发挥作用了。"

"让党员想方设法瓦解敌军士气，制造混乱，把情报传出来。"汪伯民心头一亮，补充道。

"好，大家分头行动，在斗争中发挥自主性，把敌人搞乱，把敌人拖住，把情报搞到手，这就是我们对前方红军的最大支持，就是我们地方党组织为这场战役做出的最大贡献。"

夜色沉沉，大家相互抱抱拳，道声珍重，便消失在黑夜之中。

兵马未动，粮草先行，国民党军队也不是傻瓜，他们一样十分重视后方，他们要求地方政府把战争物资——粮草、担架、木材、弹药，源源不断地送到前方部队。凤仞千针对这种情况，组织群众扒粮，将地主和官家的粮食扒到手，藏到山洞、地窖。宋于斯号召大家相互策应，并且在不同地区伺机发动扒粮行动："就这么干，不能让敌人把粮食运到前线的敌人部队。"

一时间，全县各地扒粮行动一个接着一个，此起彼伏，地方政府和那些富户好不容易把粮食收罗好，准备运往前线，党组织就发动群众扒粮，老百姓既有了粮食吃，又牵制了敌人对红军的进攻。

国民反动政府气急败坏，组织地方武装保护粮食，镇压群众。中共舒城特支针锋相对，有人献出良策：伺机袭扰这些地方武装，把这些地方武装搅得鸡犬不宁，令他们顾此失彼。一次，群众扒粮时，敌人一队地方武装早有埋伏，要给扒粮的群众来个"包饺子"，情况十分危急。就在这时，一名已被争取过来的白军士兵，在这支队伍中冷不丁放起枪来，然后大喊大叫："红军打过来了，红军打过来了。"敌人顿时陷入混乱，自家跟自家打了起来。这样，抢粮群众转危为安，而这支地方武装的士兵却彼此打得不可开交，损失惨重。

这时，宋于斯带来一个新的任务："同志们，舒城是战略要道，安庆那边的同志传来情报，敌人阮肇昌率领五十五师一部由安庆到桐城，准备经舒城去苏家埠增援，我们要紧密观察这支部队的动向，同时要想办法阻击敌人的这支援军。"

一位同志立即说："我一个亲戚是个入党积极分子，他经常去苏家埠那边贩卖山货，敌人的岗哨熟悉他，不会怀疑他，可安排他把情报捎到苏家埠的红军情报站，神不知鬼不觉。"

"好，那么其他同志组织人手观察敌人的动向，然后及时把情报传出去。但还要多做预案，做到万无一失。现在最大的问题是如何阻击敌人。"宋于斯叮嘱一番，同时又提出新的问题，让大家讨论。

"是啊，我们现在只有人数不多的游击队，枪支有限，加上白军中可争取的人员，我们还是没有足够的能力阻击这么多的敌人啊。"大家都抓起脑勺。

宋于斯微微一笑说:"我们上次的扒粮行动,白军中的地下党放冷枪引发敌人互斗的例子,不是近在眼前吗?"

大家顿时茅塞顿开,皱着的眉头都舒展开了。

敌人的五十五师来势汹汹,从舒城经过春秋山到梅河,再到五显,一路行进。敌人地方武装中的几名我党地下党员和进步分子,在这个时刻,带着枪支弹药连夜逃出来,和数十名党员、群众一起,组成几个临时战斗小组,跟在敌人屁股后面一路袭扰,或朝敌人放几枪就隐没于山林,或投几颗手榴弹,让其在敌人军队中开花,搅敌人一个天翻地覆。敌人若腾出手来去处理,行军速度就会慢下来;若不予理睬,继续行军,战斗小组就继续袭扰。敌人被弄得晕头转向,疲惫不堪,如惊弓之鸟。这为红军围点打援赢得了时间,在三十里铺附近歼灭敌人一个多旅。

1932年5月,苏家埠战役渐入尾声,中共六霍县委为配合红军的军事行动,牵制敌人的地方武装,决定由六霍县委委员汪孝芝组织领导六安、舒城边界地区人民于冇牛岗举行暴动。6日,"冇牛岗暴动"开始。舒城张母桥距冇牛岗仅10里,与其隔河相望。舒城特支响应兄弟党组织的行动,组织张母桥地区农会会员150余人过河参加暴动,同时组织贫苦农民前往扒粮。

"冇牛岗暴动"胜利后,六霍县二区苏维埃政府成立,下辖13个乡苏维埃政府,其中涉及舒城县的有三个乡,即张母桥乡苏维埃政府、稻场岗乡苏维埃政府、三拐井乡苏维埃政府。暴动武装大部分进入苏区中心麻埠参加红军主力时,张母桥农会会员四五十人同时参加红军。

五

1932年7月，刘敏再次来到舒城，对中共舒城特支的工作给予充分的肯定："同志们，舒城特支对红军苏家埠战役的支援和配合冇牛岗暴动等行动，充分体现了顾全大局的政治意识和斗智斗勇的精神，标志着舒城特支对领导革命斗争的实践逐步成熟。"

大家静静地听着刘敏讲话。

"同志们，根据革命形势的发展和对敌斗争的需要，我提议成立中共舒城特别区委。"

宋于斯和其他同志脸上漾起激动的表情，他们兴奋不已。要不是夜深人静、深处白色恐怖之中，大家一定会拍红手掌。

刘敏这是带着上级党组织决定来到舒城的，在他的主持下，中共舒城特别支委扩建为中共舒城特别区委员会，将原属六安草皮塘特支领导的张母桥支部划归舒城特区委领导。大会选举宋于斯继任书记，委员汪伯民、凤仞千、张士发。特区委隶属合肥中心县委领导，辖四个支部50余名党员。1933年春，特区委员汪伯民领导的庐江县东汤池党小组归属舒城特区委。至此，中国舒城特区委共辖五个支部、一个党小组。

舒城特区委的成立，标志着舒城党组织的壮大、成熟，为舒城进一步开展革命斗争奠定了组织基础和领导基础。

舒城革命形势引起国民党高层的震动。1933年春，有人过来报告："不好了，国民党反动派派一支部队进驻舒城，协助地方武装镇压革命。"

这天，宋于斯与张士发、张如屏、曹广海、汪伯民等几名党员干部正在开展革命活动，忽然有几个鬼鬼祟祟的便衣闯过来，多亏巡哨的人机警，感觉蹊跷，及时报告了情况。宋于斯立即组织大伙儿转移，但是敌人有备而来，瞬间闯了进来，一些党员干部来不及撤离，遭到逮捕。所幸宋于斯等特支委的主要干部成功脱险。

舒城轰轰烈烈的革命运动陷入低谷，宋于斯心头郁闷，忧心忡忡。加上长期的奔波劳累，宋于斯身体垮了下来。

早在几个月前，宋于斯就感觉身体出了状况，一直咳嗽不止，但因革命事业在身，他顾不得去看病。现在，宋于斯躺在家中，不觉为革命的前途担忧，为如何摆脱目前的境况操心。忽然，随着一阵咳嗽，宋于斯感觉咽喉一紧，不可遏制地吐起来。

鲜血，是鲜血！

宋于斯懂科学，知道吐血意味着什么。一阵紧似一阵的咳嗽，宋于斯意识到自己能为革命工作的时间不多了。他擦干鲜血，翻出文件继续努力工作。

这时候，一位通讯员飞快跑了过来，见到宋于斯便着急地说："石蕴章、赵观群这两个没有骨头的东西叛变了。宋书记，你快逃，敌人可能很快就要到这儿抓你。"

通讯员说着，又跑去通知其他同志转移。

"这些文件不能落到敌人手里。"宋于斯自言自语，他没有慌乱，首先想到的是党的文件不能落到敌人手里，党的工作不能被破坏。

宋于斯挣扎着爬起来，以最快的速度，将身边的文件找过来堆放在一起，点火烧掉。

"特区委驻地还有不少机密文件，包括组织名单，这更不能落到敌人手里，否则我们许多同志就要付出生命的代价，党组织机关就要被完全摧毁。不行，现在这形势，我得过去把这些文件烧掉。"宋于斯这样想着。

宋于斯看着身边的文件全部烧尽后,便一步步往东林庵国民小学挪动。此刻天已黑尽,宋于斯摸索着往前走,脚步踉跄,在看到东林庵国民小学的时候,他的双脚再也支撑不住身体,一跤摔倒在地,再也爬不起来。

于是,宋于斯一步步往前爬,咳嗽一阵紧似一阵,鲜血不断从他的口中喷出……

终于,宋于斯爬到了特区委驻地,找到那些机密文件,堆放在一起,点火烧掉。

敌人提着马灯,打着火把,气势汹汹地围了过来。他们发现了地上的血迹,拉上枪栓,一脚踹开东林庵国民小学的大门。他们发现了那堆燃烧的文件,扑过去一看,文件已全部化为灰烬。宋于斯趴在地上,一动不动。敌人推了推他,他依然一动不动。敌人翻过宋于斯的躯体,只见宋于斯嘴角挂着胜利的微笑,永远闭上了眼睛。

1934年6月,宋于斯牺牲的第二年,设在合肥的中心县委机关遭到敌人破坏,宋于斯的姐姐宋继蕴不幸被捕。1934年8月的一天清晨,宋继蕴被押赴六安西郊刑场。她昂首阔步,镇定自若,沿途高唱《国际歌》,并高呼"打倒反动派!""中国共产党万岁!",在歌声和口号声中从容就义。

六

1962年由毛主席签发、中央人民政府颁发的两份"光荣纪念证"送到了宋于斯的家属手里,一份颁给宋于斯,一份颁给宋于斯的姐姐宋继蕴。

纪念证上镌刻着苍劲的红色大字:永垂不朽!

这对姐弟，在地方革命史上，以坚定的信念、无畏的精神、卓绝的工作，为党和人民做出了他们最大的贡献，献出了宝贵的生命，他们是革命烈士。这两份"光荣纪念证"是对他们英雄事迹的肯定和褒奖。

如今，这两份"光荣纪念证"静静地躺在中共舒城特支特区机关旧址的展柜里，而宋于斯和宋继蕴的事迹被写在展板上，供人缅怀。

这座建于清朝的小四合院中，一座铜像兀立中央，铜像面目清秀，温文尔雅，眉目间透着坚定，底座下赫然写着"宋于斯"三个金色大字。是的，这是宋于斯的半身铜像。

铜像的两侧是两棵柏树，从清朝末期到今天，一直傲然挺立在这里，苍翠遒劲，见证了那段如火如血的历史。也有人说这两棵树就是宋于斯和宋继蕴姐弟俩，他们永远活着。可不是吗？这对姐弟的事迹永远被人民记在心间，他们的功绩永载史册，他们的精神万古长青。

旧址前方广场上是一尊巨大的党旗雕塑，这让我们仿佛看到宋于斯、宋继蕴以及汪伯民、凤仞千、储鸣谷、刘敏等革命先驱血染的风采；仿佛看到燃起的革命火焰在熊熊燃烧，烧掉旧世界的光辉画面；仿佛看到革命的红旗飘扬在祖国的每个角落，越来越鲜艳，越来越热烈，从建党开始一直飘扬到今日，映红了山山水水，也映红了每个人的面孔。

将军山渡槽

一

每天早晨，舒城县张母桥镇东岗村将山村民组村民徐德友都会登上将军山渡槽。他拾阶而上，扑面而来的是渡槽两端桥头堡上镌刻的语录："人民，只有人民，才是推动世界历史的动力。"这是他每天都能见到的语录，虽早已司空见惯，但每次见到这语录，徐德友还是禁不住心潮澎湃，他感到了一种力量和自信推着他一往无前。

在渡槽上锻炼，是徐德友每天早晨雷打不动的活动，当他漫步渡槽，俯瞰波光粼粼的人间天河时，一种自豪感油然而生：

这是一条白色的飘带，蜿蜒在山水之间；这是一条连接江淮的纽带，沟通长江和淮河；这是一条巨大的经脉，连接着大地的毛细血管。

他为年轻时的付出而骄傲，他为渡槽润泽万亩良田而自豪，他为欣欣向荣的美好乡村而禁不住引吭高歌。

他的思绪飘回那战天斗地的岁月：红旗招展，气势如云，那年月，没有大型机械，没有工程车，没有起重机，没有混凝土搅拌机，只有一双双粗糙的手，一副副压不垮的肩，一声声响彻云霄的劳动号子，没有人喊累，没有人提报酬，没有人在不可能完成的任务面前退缩。这里，只有梦想的感召，只有战无不胜的英雄主义精神。正是这梦想和精神，才建成了新中国水利建设史上的奇迹之一将军山渡槽。

《舒城县志》记载：地处江淮分水岭之间的将军山渡槽于1969年12月开始筹建，1971年6月建成，为双曲拱梁式结构，共16跨，全长894米，平均高度25米，槽宽8米，设计流量23立方米每秒，是当时全国最长的渡槽，是沟通淮河水系和长江水系的重要枢纽，肩负着"南水北调"的重要使命。

二

1969年的冬天，18岁的徐德友接到了生产队的一个通知：生产队有劳动能力的社员要参加将军山渡槽的建设。

全体社员顿时炸开了锅，大家奔走相告，喜悦之情洋溢在每个人的脸上。作为一个庄稼人，他们深深知道，农业生产太需要水了，但这里地处江淮分水岭，要么旱死，要么涝死，没有像样的河流和沟渠，没有成规模的池塘，社员们靠天生产、靠天吃饭。而10多年前建好的龙河口水库，相隔几十里，远水解不了近渴。大家也不时抱怨着，建水库时，我们有钱出钱、有力出力，做出那么大的牺牲，到我们需要水时，却一点也起不到作用。

从《舒城县志》的记载中我们了解到，1950年到1969年的20年，当地风调雨顺的年份只有3年，其他年份非旱即涝，其中1959年春旱25天、夏旱20天、伏旱连续40天无雨，导致境内溪河断流，当年颗粒无收。1960年春旱连夏旱，连续一个多月滴雨未下，禾苗枯死。这样的气候叫庄稼如何生长？

现在要建渡槽，要把龙河口水库的水引过来，要贯通长江水系和淮河水系，这是社员们多年的梦想，甚至是祖祖辈辈的梦想，他们能不激动吗？

工程建设指挥部迅速搭建起来，指挥部下设政治联络组、工程施工组、后勤保障组等。政治联络组主要负责政治动员、会议组织、制定各种规章制度，以及实施先进单位和个人的评比、宣传，等等；工程施工组主要负责工程的测绘、设计、计划、安排、质量监督等工作，后来，随着工程的进展，在其下面又组建了砌石连、开渠连、预制连、机电连、建槽连等；后勤保障组主要负责物资的筹集、调配、保管，会计，食堂，医疗，警卫，等等。

来自各个公社的几千人会战，在这个小小的地方是几千年未曾发生过的大事，如何组织好这些人，县里也煞费苦心。根据当时的情况，县里仿照部队建制，公社成立了团一级组织，公社成立营一级组织，大队成立连一级组织，小队成立排一级组织，团长、营长、连长、排长分别由各级的主要负责人担任。这样安排下来，如打太极一样节节贯穿，如臂使指。

1969年11月10日，寒风凛冽，这天，在张母桥镇东岗村，彩旗猎猎，标语红红，将军山渡槽施工典礼大会胜利召开。方圆4平方千米的田地成了偌大的会场，一时人欢马叫、尘土飞扬，到处是风风火火忙碌的人们：铲土的、抬筐的、起石头的、背石头的、赶着牲口拉石头的、打磨石头的、垒墩子的、绑沙杆的、搭架子的、和水泥的、安滑轮的……都忙得热火朝天。

指挥部的高音喇叭里播放着《大海航行靠舵手》《没有共产党就没有新中国》等激昂的歌曲。

天南海北大会战，建好渡槽庆新功。上千人的到来，吃喝住是一项极大的问题，县里的领导为此伤透了脑筋。但正如伟人说的，群众是真正的英雄。当地的社员已为此想好了办法，在工地的两面拓展了十几亩土地，准备了成捆的麻秸，筑起了一道道麻秸墙，垒砌了一座座房子，屋顶盖上农家的田草，再用草泥把麻秸墙的缝隙筑牢、筑实。

冬暖夏凉，舒服极了。大家不禁啧啧称赞。

三

作为18岁的青年，徐德友积极要求上进，他找到生产队队长，向他保证：坚决服从组织安排，不怕苦、不怕累，保证完成任务，给生产队增光。队长是徐德友的远房叔叔，他爱怜地抚摸着徐德友的头，鼓励徐德友好好干，做一名光荣的劳动者。

在生产队队长的带领下，徐德友与乡邻携带扁担、粪箕、铲锹、锄头，还有锤、钎等生产工具来到了建设工地。他刚走进工地，就被这眼前的景象震惊了：一阵喧闹的人声混合着机器声、喇叭声迎面扑来，这是一个壮观的劳动场面，来自四面八方的人汇聚在一起，有的在筑墙，有的在挑土，有的在钻石头，这里全是人，还有汽车、推土机在匆忙奔跑……徐德友一面走一面四下里看着，他被这劳动场景深深地打动了。

这样热烈的劳动场面，徐德友只是在电影中看过，电影中的人们发扬共产主义风格，重活、脏活抢着干，人人争做无名英雄。每每看到这样的场景，他就想：如果有这样的机会，自己也会好好表现，成为一名劳动模范。今天，这样的场景就在眼前，令他思绪翻腾，越发地热血沸腾，他决定好好表现。

工地上热火朝天，凡是能干活的人都来了。渡槽建设的主力军来自所在灌区的公社，虽没有工资，但每天给每人发放1毛6分钱的生活补助、半斤粮食。此外，由工人所在生产队按人头记工分，干一天活，男人能挣 10 个工分，女人能挣 8 个工分。

生活上的保障提高了大家的劳动积极性，工地上的劳动竞赛一浪高过一浪，到处响着吆喝声、叫喊声，大家你追我赶，大大加快了建设进度。

徐德友找到了生产队的劳动地点，这是他们生产队的劳动工地。社员们脱下外衣，跳到了 1 米多深的土洼下面，大家协作劳动，有的挖土，有的挑土，还有两个工匠负责钻石头，要把这坑坑洼洼的石块钻成横平竖直的四方体。

年轻的徐德友有的是力气，他专拣最重最累的活干，于是抓起两个空筐，填起满满的土，他生怕落后于他人，把土堆得老高老高，像一个小山尖一样。他颤巍巍地挑起来，扁担一闪一闪的。他平时很少挑担子，今天他的脸涨得通红，艰难地向前挪动着步子，没走多远，他的腰就弓成虾米状，但他仍然坚持着。突然，一个趔趄，他的腿一软，向前一趴，整个人倒在了地上，土也撒了一地。人们纷纷把目光投过来，徐德友的脸臊得通红。他赶紧爬了起来，用铁锹把土铲进筐里又出发了。就这样，徐德友开始了艰难的渡槽工地建设工作。

上进的徐德友十分好强，他生怕哪项工作落在了别人的后面。当时还是生产队阶段，大家上工也是日出而作、日落而息，大家也不愿多干一点，反正干多干少一个样。但徐德友可不这样认为，他要珍惜这样的机会，为社会主义多干事，为早日建好水利工程多出力。他每天早晨天刚蒙蒙亮就起床，晚上也是最后一个收工，有时夜里还偷偷地出工干活。

在那个机械不太发达的年代，渡槽全部由人工建造而成。石头要一块块抬上去，基槽要一锹锹掘下去，石眼要钢钎一板一眼打进去。工地上就需要徐德友这样不怕苦、不怕累的人，因此，他很快便被指挥部注意到了。

发现徐德友是一个可塑性很强的苗子，指挥部便安排一名通讯员对他进行了采访，并通过指挥部的大喇叭进行了宣传，徐德友迅速出名。

为了鼓舞大家的士气，指挥部安排徐德友做巡回事迹报告。这让平时很害羞的徐德友一时手足无措，他真想拒绝，但又怕坏了领导的想法，他只好写好讲稿，开始在全县巡回报告。这一下，徐德友想不出名都难了。

四

徐德友是一名有文化的年轻人，工作又积极，领导对他寄予很高的期望。不久，他被安排到县里专门学习相关技术。

"这是一份沉甸甸的爱，我一定要为祖国学好技术，报效祖国。"徐德友在日记本上表明了自己的决心。

在县里学习的三个月，他一块海绵，如饥似渴地吸吮着各类知识。他对设计类知识很感兴趣，认为设计是渡槽建设的关键所在。于是，他经常利用课余时间到老师那里求教。老师是从上海下放到这儿的大学教授，他被这位农村娃的求学精神感动了，于是给他开小灶，鼓励他好好学习。当时正值各种运动不断，学习时不时受到各种冲击，但这位贫苦人家的孩子知道知识的重要性，不为外面的诱惑所动，勤奋地学习着、奋斗着，他要早日学好知识回去建好渡槽，回报乡亲。

学成归来，徐德友的脸变白了，穿上了一双干净的布鞋。他感觉自己与乡亲的距离远了，于是脱下布鞋换上了胶鞋，把那件白色的确良衬衫换成了粗布大衣，他要与群众一起始终战斗在泥土里。

回来后，徐德友被安排到施工组，负责专业设计、施工检查、督查等几项工作，除设计图纸外，他还脚步不停地来回巡查、测量。设计是很专业的事，他丝毫不敢马虎，恨不得把所学的本事全部用上。

这时，一个重大的难题摆在大家的面前：如何解决几十吨的拱架的运输、吊装和提升的问题？那时没有大型机械，一切都是用土办法，这个问题用人海战术是无法解决的。"土专家"、"洋专家"苦思冥想，始终找不到一个很好的解决办法。为了尽快解决这个难题，徐德友吃住在工地，经常一两个月不回家，他常常对着渡槽目不转睛，凝神思考，白花花的太阳照得他的脸上泛着金光，有如无数的灵感喷薄欲出。从早上到晚上，一坐就是好半天，他有时拿出纸和笔，在上面画着什么。一天中午，徐德友禁不住欢呼雀跃起来，大家好奇地望着他。"有了！有了！"徐德友大声地喊着。他的喊声引来了群众围观。

只见徐德友安排工人从附近的工地上搬来一段圆钢，他示意把这圆钢作为拱架，然后又用木绳搭吊装，绞车升降，这拱架就被自由地运输和提升了。

"好！好！"人们拍手叫好。乡亲们对徐德友更刮目相看了。

工程建设，质量为本，这是老师教的，也是一名农民最质朴的情怀。徐德友对工程质量的重视已到了痴迷的程度。他不放过任何一块砖头、一块石头，眼里揉不进一粒沙子。他常拿着一个小锤，在工地上走来走去，这里敲敲，那里捶捶，看有没有不合格的地方。他还和民工一起起石头、推车子、垒墩子，哪里缺人哪里就有他的身影，一刻也不曾闲。

几个月下来，他黑了，瘦了，身上脏了顾不上洗，衣服上不是汗迹就是泥点、灰尘，胡子也顾不上一天一刮，成了一堆乱草。大家劝他把自己整理一下，但他一天到晚心思都在设计和工程建设上，哪顾得上这些？再说了，乡亲们都很朴实，也没有什么人特别注重自己的形象。

"这样也好,乡亲们就不会把我当外人看,与老百姓真正融为一体了。"他自嘲地对自己笑笑说。

在设计和工程质量检测之余,徐德友还做着宣传工作,每天晚上下班后,他就在昏黄的油灯下,把白天的工作感受和见闻写下来,第二天送到指挥部。当小广播员用带着感情的嗓音报道他采写的先进事迹时,徐德友仔细地听着,他为自己的作品上了广播而自豪。为了鼓舞士气,徐德友创作了很多口号。至今,当地人还常记起那一句句易懂易记的战斗口号:"大干一百三,拿下将军山!""能挑千斤担,不挑九百九!""石硬、地硬,我们的决心更坚硬!""天大寒、人大干,我们不怕流大汗!""鼓足干劲学大寨,生产生活步步进!""大雨大干,小雨抢干,晴天更要拼命干!"在一句句口号的激励下,大家焕发出了无限的干劲,进一步加快了工程进度。

五

1971年的冬季的一天,雪纷纷扬扬地下着,"撒盐空中差可拟","未若柳絮因风起"。瑞雪兆丰年,渡槽马上就要建设成功,大家翘首以待的日子就要到了。人们纷纷走出麻秸屋,来欣赏这万里雪飘的风景。

不一会儿,气温明显降低了,徐德友躲进了自制的麻秸屋里。这住了三年的麻秸屋,已明显漏风,他用报纸糊住漏风口,把门关紧。屋里生着炭火,屋里的温度很快上升了。这时,其他的工友也冒着风雪来到了他的屋里。徐德友把从家里带来的瓜子拿出来倒在桌上,大家边嗑瓜子边闲聊。

他们大多来自周边县市,其中六安县的居多,聊着聊着,思乡之情油然而生。"来日绮窗前,寒梅著花未?"徐德友看着眼前的雪花,眺望远处的傲梅,他对眼前的来自他乡的建设者充满敬意。

大家聊着即将召开的庆功大会,聊着三年来的辛劳和奉献,有的人聊着聊着,眼泪竟不自觉地流出来了。

天渐渐暗了下来,雪却越下越大。

"今晚大家就别走了,我们在此小聚一下。"徐德友提议道。

这提议当然得到了大家的一致响应。

徐德友把坛坛罐罐里的咸肉、萝卜、酸菜全部掏了出来,又跑到大队部的一个小卖部买来了猪肉和干子、千张等。工地上有一大块空地,平时上面种了蔬菜,工友们又自告奋勇去摘了一些时令的新鲜菜。

"绿蚁新醅酒,红泥小火炉。晚来天欲雪,能饮一杯无?"大家开怀畅饮,越喝兴致越高。三年的工友情呀,他们是万般不舍,这是战斗和汗水凝成的友谊。这牢不可破的友情呀,他们是永远也不舍得分开的。

第二天,天放晴了,阳光映照在雪地上,一片银白。趁着这天晴的好时机,县里决定召开渡槽庆功大会。消息传出,大家欢呼雀跃、满怀期待。

将军征战还未还,从此渡槽矗人间。将军呀,你征战还未回来,但巍峨的将军山大渡槽已矗立起来了,俯瞰烟火,都是人间城郭。

庆功大会就在大渡槽下召开,县领导首先致辞,向所有参与的建设者表示最诚挚的感谢。领导讲得热情洋溢,底下听众热情澎湃。随后,公社领导、大队领导、生产队队长先后发表讲话,他们热情地歌颂,讲话充满激情,大家热烈地鼓掌。

轮到工人代表发言了,徐德友上台了。经过几年的锻炼,他成熟多了。今天,他穿了列宁装,胸前的上衣口袋里还插了一支钢笔。他望了望台下的听众,都是他的乡亲和工友,是那么的亲切,大家微笑着看着他,似乎是给他以鼓励。

他从内衣口袋里掏出了早已准备好的讲话稿,目光接触到每个人的眼神后,开始讲话:

我亲爱的乡亲们,我亲爱的工友们,三年来,在你们的努力和关心下,我们的将军山大渡槽终于建成了,我们以后种庄稼就有水灌溉了,我们就可以获得大丰收了,我们的日子一定可以红火起来的。因为水是生命之源,有了水的滋润,我们的生活一定会滋润起来的。

"一定会滋润起来的!一定会滋润起来的!"人们跟着他的讲话呼喊起来,掌声经久不息。

庆祝大会结束了,人们走上大渡槽。

一条长龙横卧于此,"驮"着从龙河口水库流来的清水一路奔涌向前。

"渡槽之水远方来,奔腾大海不复回。"人们惊叹于它雄伟的气势。

"长桥卧波,未云何龙?复道行空,不霁何虹?"人们惊叹于它的壮观。

这是劳动和智慧的结晶,一千多个日日夜夜,他们流下了无数的汗水,笑过、哭过、唱过、叹过。今天,终于大功告成了,这一汪清水,将泽被子子孙孙,激动的人们紧紧抱在了一起,任泪水肆意地流淌。

离别的时刻到了,人们领取大会的奖品,那是一个搪瓷缸,上面印有毛主席语录:水利是农业的命脉。每人还有一条毛巾和一斤肉。

这就是三年劳动的奖品,虽然简单,但他们是高兴的,因为他们建成了亚洲最伟大的渡槽，它必将造福子子孙孙，这是任何奖品都换不来的。

六

舒城县张母桥镇宣传委员刘正根长期从事将军山大渡槽的研究。这位40余岁，年富力强的乡镇干部，对文化工作满怀热忱，他搜集、整理了大量的关于将军山的图片和故事，每逢媒体记者前来采访，他总能娓娓道来，记者称他是信息采集的富矿。

刘正根确实是当地文化方面的行家，他掌握的典故也很多。说起将军山的由来，他的话匣子一下就打开了。张母桥过去是兵家必争之地，在三国时期，这个地方成为曹、刘、孙三方争夺的要地，三方常常你来我往，打得不可开交，最后形成方圆一百里必有一人称王的局面，东吴的一位将军就占据了张母桥这块战略重地。久而久之，人们就称这座山头为将军山。但据后来考证，这位将军就是后来成为东吴大都督的周瑜。周瑜在此长期经营，训练兵马，为创立东吴基业、打赢赤壁之战打下了坚实的基础。在周瑜离开后，他安排了另一名大将驻扎于此，直至东吴灭亡。

刘正根常常站在将军山上眺望远方，山峰逶迤，白云缭绕，阡陌纵横，汩汩清水流向那万亩农田。他不由得吟诗一首："舒城有座将军山，飞落天河飘山间。鲤鱼常在雾里跳，行人可在云中穿。槽连长渠千里远，引来江水灌淮田。南水北调圆夙梦，治淮史册著鸿篇。"

令刘正根自豪的是，随着现代科技的不断发展进步，国内人工渡槽大多被拆除。但将军山大渡槽不仅被完好地保存了下来，还在继续发挥着灌溉作用，并要被打造为旅游景区。

他掰着手指头向我们道出将军山渡槽的种种好处：将军山渡槽不仅灌溉金安区施桥、双河、张店、东河口四乡镇12万亩农田，还会在汛期时协助龙河口水库泄洪。如遇干旱，将军山渡槽还会为舒城张母桥和柏林等乡镇生态补水，平均每年向金安区输水3000万立方米左右。

他把双手都伸出来，显得非常骄傲，表情非常自豪：渡槽通水至今，累计灌溉输水达158100万立方米，灌溉农田面积达642.6万亩，受益人口775万。

伴随旅游业的兴起，将军山大渡槽被越来越多的游客所知。

2021年12月，素有"人间天河"之称的将军山大渡槽，获安徽省舒城县发改委批准，建设AAA级景区项目。该项目近期规划建设面积142.5公顷，其中：核心区建设面积96.1公顷，远期规划面积20多平方千米。主要建设内容包括：游客服务中心、将军山大渡槽水利科普馆、文化广场、阳光沙滩、大渡槽历史文化雕塑群、大渡槽演艺场、"森林人家"及稻主题民宿、垂钓乐园、核主题民宿村、五彩梯田、滨水休闲廊、停车场、旅游步道、旅游解说与标识系统、旅游信息系统及排水、电力、通信、环卫等配套设施建设。

伴随旅游业的兴起，寻访将军山渡槽的游客纷至沓来，张母桥镇充分利用这一独特的红色文化资源优势，秉持"旅游产业、乡村风情、乡土风味"的战略定位，走出了"农业强、农村美、农民富"的乡村振兴路。

徐德友成了一名乡村旅游义务讲解员，每逢有客人来此，他就放下手中的活计，开始向人们讲解当年千军万马会战将军山大渡槽的情景，那一个个鲜活的人物立刻呈现在人们的面前。"这是历史，我们不能忘记历史。"末了，徐德友常常不忘与游客再唠叨几句。

2022年，将军山渡槽入选《安徽省第二批革命文物名录》，它早已不仅仅是一个水利工程，更多的是一个时代的群体记忆，是广大劳动人民用辛勤的汗水镌刻的历史丰碑。

待从头，乡村振兴再"知青"

一

"心口呀莫要这么厉害地跳，灰尘呀莫把我眼睛挡住了……手抓黄土我不放，紧紧儿贴在心窝上。"三十年后，当李田强再次踏进张母桥镇砂院村时，他不禁热泪盈眶。他在心里默默念起了中学时常常朗诵的那首诗——《回延安》，觉得这首诗很贴合他此时的心情。也许是受到诗人的启发，他捧起脚下的黄土，贴在心窝上，让滚烫的心与黄土一起跳动。

三十年了，今非昔比。过去的茅草屋早已换成了一栋栋楼房，过去的烂泥路早已变成宽敞的水泥路，过去贫穷落后的张母桥镇早已成为连接六安和舒城的交通商贸重镇。

三十年弹指一挥间，他走进一个庭院，紧紧握住亲人的手。

"刘叔，您好！我是李田强，看您来了。"

"怪不得今早喜鹊叫，原来有贵人要来呀。"刘叔简直不敢相信李田强会突然回来，这太令他激动了，他使劲地握着李田强的手，激动地拉李田强坐下。

"哎哟，你也有白头发了，岁月不饶人呀。"刘叔看了看李田强的已显花白的头发，内心顿生感慨。

"我们都老了，但您的身体和精神还是那么好。"李田强对刘叔发自内心地夸赞。

"我知道你肯定会回来的，我早就盼着这一天了，你回来就好。"刘叔拉着李田强的手，左瞧右看，一个劲地就是看不够。

此情此景，把李田强的思绪一下拉回到五十年前那段青涩的岁月。

二

1969年，当时正在上海豫园中学读初三的李田强，突然接到了学校的通知：自明年起学校停课，开展上山下乡运动，所有的中学生都要积极参与这场伟大的运动。

激昂的口号，激情的演说，满天的标语，李田强一句也没听进去，一个字也看不进去，他只感到头脑"嗡嗡"响，他不想过早放弃学业，他还想读书。二元二次方程他刚开始学，代入法、配方法、因式分解法，这些知识他还没有完全掌握，这些神奇的算数正让他着迷。这未知的世界呀，就这样放弃了吗？他实在心有不甘。

1970年4月，在学校的安排下，李田强与同班同学坐上了一辆汽车。车子在市区周游一圈，以红旗和锣鼓开道，然后李田强和同班同学一同坐上了北上的列车。

列车呼啸，大家欢呼雀跃，他们高唱着《东方红》《大海航行靠舵手》，一首首革命歌曲把热烈的气氛推向了一个又一个高潮。

李田强坐在列车的最后面，也被感染了，跟着大家唱起来。他在学校是合唱团的成员，声音很好，他的音色立即引起了大家的注意，人们把他抬到列车的广播室里当领唱，他带动了大家，也激励了自己。

热闹的大城市迅速远去，平时很难见到的田野、村落扑面而来，想象着以后无法预测的生活，想象着将要插队的前线，李田强的心情不免惆怅起来。

黄昏时分，他们到了这个叫张母桥的公社，这里距县城有30多千米。村里的人们提前得到了消息，早就聚集在此了，当100多个学生呼啦啦地从车上下来时，村民们像潮水一样涌上前去。男人们看学生娃身体怎么样，是胖是瘦，个子是否高，是不是个好劳力；女人们看新奇、看新鲜，看城里的小伙、姑娘到底长得怎么样；小孩子们躲在门内看，他们只是凑热闹瞎起哄，叽叽喳喳地议论着，有几个胆大的孩子，大大方方地走到学生们面前，仰视着他们，叫他们学生叔、学生姨。

先是公社书记致辞，然后是小队队长开始挑人。小队队长没有那么高的热情，他们比较冷静，对每一个学生娃仔细打量着，身高、胖瘦是他们考量的重点，他们对身体瘦弱的、个子矮小的学生不屑一顾。

挑到最后，瘦弱的李田强孤零零地站在那里，是那么的落寞，他想哭，但倔强的他没有哭。

这时，砂院队的刘队长过来了，他拍了拍李田强的肩膀。

"跟我走吧。"刘队长又拉了拉李田强的手。

李田强低着头，默默地跟着队长向黑夜里走去。还好，和他一同前行的，还有他学校里的三名同学，平时他们就熟悉，现在又分到了一起，他觉得生活有了照应。

走了约莫半个小时，他们来到一处低矮的房屋前，只听到一声声"哞哞哞"的叫声。刘队长打开屋门，里面挺宽敞的。一头牛被拴在最里面的墙边，它正在吃着草，看到这么多人到来，牛警惕地望着他们，"哞哞哞"地叫着。

"你们就住在这里吧，等以后条件好了换别的地方住。"刘队长只能这样安排了，因为队里只有这间刚由仓库改成的牛棚还能容纳他们几个学生娃。

刘队长发动村里的年轻后生从田地里搬来了土块，又不知从哪里搬来了一块又大又厚的木板，搭在土块上，作为知青们的木板床。李田强在墙上钉了两个钉子，系上一根绳子，把从家里带来的毛巾、衣服等挂在上面，仓库顿时显得温馨了。

刚刚安顿好，可三月的天气说变就变，飘起了雪花，知青们不得不把冬天的衣裳都拿出来御寒。晚上，他们躲在刚搭好的床板上的被窝里，冻得瑟瑟发抖。

第二天清晨，李田强刚起床，突然发现外面真是万里雪飘，分外妖娆。知青们赶紧从被窝里钻出来，一起欣赏这乡村雪景。

知青们很是激动，农村的雪景比城市的好看多了，衔天接地，白茫茫一片，洁白、干净。这是一个冰清玉洁的世界，身处这样的世界，让人心胸豁然开朗，一切烦恼烟消云散，一种豪情油然而生，给寂寞的生活增添了许多情趣，让人真想张口甩出一段美妙的词，无奈胸中笔墨不多，大家你望我、我望你，只能仰着头朝天大喊。这呼喊，冲去了心中的块垒，燃起了胸中的火焰。他们决定在这广阔的天地间奋发有为，创造更加美好的生活。

三

理想很丰满，现实却很骨感。从大城市来的学生娃一不会耕作，二不识五谷，三不懂农村的人情世故，他们能成就一番事业吗？

关关都是难过的。李田强细数了当时知青们的四关考验。

第一关就是吃饭关。知青们要自己做饭，这对从未做过饭的他们来说,比干农活还要难。由于生火的柴草的原因,蒸出的饭常常不熟,他们只好吃夹生饭。做饭用"缸灶",柴草不燃,他们只得伏下身来用"火棍"(竹管)吹,全是烟,刺鼻的烟熏得他们咳嗽、流眼泪,做一次饭受一次罪。也不管什么菜不菜的,有啥吃啥,没菜就加点盐,没水喝就喝井水。看到大家的窘态,李田强把烧饭的事全包下了,其他知青负责担水、刷碗、择菜。大家各司其职,才把一口饭吃进嘴。

第二关就是蚊虫关。乡村的蚊虫之多、之厉害,是知青们始料未及的。还没到夏季,蚊虫就开始侵入知青们的领地了。天将擦黑时,它们成群结队,乱哄哄地飞进知青们的宿舍,迅即潜伏到各个角落,在你不注意的时候,它们开始吸吮你的血,待到发现时,它们早已吃饱喝足,高唱凯歌昂扬离开了。范仲淹有一首《咏蚊》诗,曾形象地描述:"饱去樱桃重,饥来柳絮轻。但知离此去,不用问前程。"

与蚊虫的战斗,贯穿几千年的文明史,战国时期的庄子曾这样说:"蚊虻噆肤,则通昔不寐矣。"不过,当时的周王有办法来对付蚊子:设立专职人员,负责驱蚊,我睡觉你打更。据《周礼》记载:"蝈氏掌除蠹物,以攻禜(yíng)攻之,以莽草熏之,凡庶蛊之事。"这个蝈氏专门为周王驱蚊虫,周王可以安心睡大觉,只是苦了蝈氏。

知青们可没有周王的待遇了,他们只能自己想办法。傍晚,从附近的庄稼地里砍来大量的黄草,从树上剥来一片片树皮,在屋门口燃起大火,把蚊虫驱逐于屋门之外。晚上,他们轮流坐班,上半夜我睡,下半夜你睡,值班的人摇着蒲扇,使劲地把蚊虫扇走。这一夜夜折腾下来,知青们个个精疲力竭,第二天还要干繁重的体力活。可无论如何,他们都得忍着。

第三关就是劳动关。知青们是城市的学生娃出身,从没接触过农活,四体不勤,五谷不分。农活从哪下手,让他们一时手足无措。刘队长从队里挑选劳动能手,每人结对帮扶一位学生娃,教他们怎样使用劳动工具、怎样插秧、怎样割稻、怎样牵牛。帮扶李田强的是村里的生产能手李小亚,他比李田强大2岁,从十四五岁时就开始干农活,是个行家里手。他很喜欢这位城里来的腼腆书生,觉得读书人很了不起,是能够出人头地的。他不想让李田强干这又苦又脏又累的农活,每次,都是他替李田强完成农活。

"你们是读书人,不要干这个,干活的事包给我了。"每次李田强急着要下地干活,李小亚总这样护着他。

生性好强的李田强可不想成为人人耻笑的白面书生,于是他拿起铁锹、挥起锄头,挽着裤腿走进水田,从早晨到中午,从中午到晚上,不停地劳作着。他模仿着李小亚的一招一式,要把自己打造成一个真正的农民,成为人人称道的农活专家。

这一招一式,这股倔强劲儿,真把李小亚给镇住了。没想到一个城里来的学生,还真不怕吃苦。

"群众是真正的英雄,而我们自己则往往是幼稚可笑的,不了解这一点,就不能得到起码的知识。"李田强背起了《毛主席语录》,这一招果然顶用,李小亚自觉当起了他干活上的先生。

从此,他们相互学习、相互切磋,李田强的农活本领很快得到了提高。

很快进入夏季。夏收、夏种,俗称"双抢",是农业生产一年中最忙也是最辛苦的季节。砂院队共有100多亩水稻田,20多个劳动力,必须在短短半个月之内把早稻收割装进仓,再将晚稻栽种下去。在那个农业没有机械化的年代,有一台脚踏打稻机已是很不容易,割稻用镰刀,打稻、脱粒用稻桶……一切都靠徒手完成。要在短时间内完成繁重的收种任务,农民唯有起早摸黑。倘若天公不作美,下雨刮风,农民就更辛苦了。

那半个月,知青们真正经历了从未遇到过的困难。早晨,鸡叫头遍,他们就起床了,或犁田,或抽水,或插秧,或割稻。当第一缕霞光映在天边时,他们已干了半天的活。中午的天地如蒸笼一样,大家挥汗如雨,与地斗,其乐无穷。晚上,已满天星光,他们仍借着微光,插完最后一棵秧苗,收割完最后一束稻,犁完最后一块地。

"双抢"结束不久,县里和公社工作组主持召开知青会议,进行总结、评比、表彰。当李田强上台领劳动光荣证书时,他满脸的自豪,他知道,他的劳动关过了,他是合格的知青。

第四关是精神文化生活关。这些刚从学校出来的年轻人,脱去对农村生活的新奇感后,就感到辛苦、劳累,精神文化生活的贫乏,让他们感到苦闷、彷徨和失落。虽然当时主流的宣传是要知青们扎根农村干革命,但大家都知道,他们迟早是要回去的。

知青最多的文化活动莫过于看电影了,每当听说晚上要放电影时,村民就早早赶到平时堆放稻谷的场地占好位置,知青们则帮助工作人员挂银幕。到了晚上,整个场地都站满了人,站在后排的,只能踮着脚引颈张望。电影总是那几部,重复地放着《地道战》《地雷战》《南征北战》等,但大家还是不舍得漏掉任何一场。如果听到哪里要放映《英雄儿女》《列宁在十月》《渡江侦察记》《宁死不屈》《洪湖赤卫队》等这些令人心潮澎湃的片子,就算是已看过多遍,大家还是要跑去观看,哪怕是在几十里外的公社,而《红灯记》《沙家浜》《智取威虎山》《白毛女》等样板戏,更是看了一遍又一遍,甚至连片中的台词都会背了,但当电影队来生产队放映时,大家还是不会错过观看的机会。

除了偶尔看几场电影外,知青们还会找寻文学书籍,可是,在这文学的荒漠里,除了知青们从家里带来的早就翻烂的几本语文书外,实在找不到什么可读的书。大家如饥渴难耐的鸟儿，四处寻找着粮食和水。这一天，李田强突然听说河棚公社有个知青正在家里做代数题时，被上级领导发现，责令其写检查。当李田强在相关通报上看到这则消息时，他非常兴奋。他决定找到那个知青，想把那本书借来学习。要知道，李田强当年上初三，正为代数的二元二次方程式着迷时，就被上山下乡的大潮裹挟到这偏远的乡村，他做梦都想再次领略数学的神奇。

一天早晨，天刚蒙蒙亮，李田强约上李小亚悄悄地向河棚公社赶去，直到中午时，他们才赶到河棚，经过多方打听，找到了这名知青。原来他们都来自上海，而且是来自同一所学校。他乡遇校友，他们分外激动。这名知青把相关的数学和文学的书籍全借给了李田强。

从此之后，李田强在业余时间就泡在书籍的王国里，他如饥似渴地阅读着中外名著。为了防止被人发现，他只好偷偷地看，在柴草垛里看，在被窝里看，在田野的麦浪里看。

李田强的学习劲头也带动了其他知青，大家格外珍惜这业余的时光，不仅组织学习，还开展了一系列文化活动。吹口琴是当时大家业余文化生活中的最大享受，可谓风靡一时。一时间，知青点的男生几乎是每人一把口琴，大家反复斟酌吹奏技巧，连续几天下来，嘴角都磨出血口子，每天收工回来吹上几段，感到浑身都轻松了许多。夏日晚饭后，大家围坐在院子里，男生一边吹奏口琴一边交流技巧，女生手里挑着钩针，编织着时髦的军装白护领，凝神地看着、听着男生们吹着口琴，知青点出现了久违的、难得的文化气氛。

四

李田强已慢慢适应了这里的劳作和生活，他戴着草帽、披着大手巾、卷起裤腿、穿着草鞋甚至赤着脚，见到乡亲，就抽出旱烟分发给他一支，聊起今年的收成，上海的吴侬软语变成地道的舒城方言。乡亲们也没把他当外人，哪家要有个什么喜事，总要叫上李田强一同去吃席。吃席要随礼，乡亲们之间，通常5元左右，但李田强总觉得这太少了，他就随上10元。没有钱，他就找在上海的父母要。当有乡亲问他将来的打算时，他就乐呵呵地说："我是光荣的砂院村一员，我要毕生为砂院做贡献。"

1977年底，全国恢复高考的消息像一阵春风吹遍了祖国大地。砂院村闭塞，当消息由公社带队干部传达到砂院村时，差不多过去半个月了，离开考也就剩下一个多月。但偏远的砂院村还是躁动了起来，几十名知青聚到一起，他们跃跃欲试，准备拼上一把。

李田强开始紧张地准备，那个少年时代的大学梦被点燃了。他与上海的家里人联系，要他们寄来学习资料。家里人东拼西凑，寄来了代数、几何、语文、英语等学习书籍，抚摸着散发油墨香的书，李田强郑重地写下了自己的名字。他把这一天作为自己的一个转折点，迈向人生的又一新起点。

有了书籍，这只是第一步，对于知青们来说，这书上的东西就像是天书，根本就看不懂。于是几个知青相互帮忙，但还是什么都弄不明白。他们到镇上的中学找了专门的数学老师来进行辅导，李田强还能听懂一点，因为初中时他在班上就是数学尖子生，他还有点数学基础。但对于其他同学来说，听了辅导老师半天的讲解，还是一头雾水。回来后，他们又央求李田强再给他们讲一遍。

知青宿舍点成了学习的大教室，大家每天书不离手，将多种数学公式写出来，贴满了房间的整个墙壁，有空就去瞄一眼，背一个。他们把主要精力放在语文、历史、地理上，这些文科内容主要靠背，他们觉得相对容易一些。

那些日子,大家就跟着了魔一样,心里还念着一句流行口号:"人生能有几回搏。"

离高考越来越近了,大家都绷紧了神经,队里也给他们放了假,全力支持他们冲刺。但就在这时,李田强又被紧急叫到生产队。由于种种原因,李田强的高考资格被取消了。

留下来的李田强,每天日出而作、日落而息,也懒得打听其他知青的出路和村里的事务,他每天从田地到宿舍,再从宿舍到田地,这两点一线的生活成了他的全部。

时间到了1981年,改革开放的春风早已吹遍了祖国的大江南北,返城的知青们早就成家立业。

"你们大队还有一名知青,怎么还没回去,有什么原因吗?"这天,县里知青办的一名领导来张母桥公社调研,了解到李田强还留在队里。

"他有历史问题,还没给结论。"公社干部支支吾吾地说。

"都什么年代了,还纠结那个问题,那不是问题。征求他的意见,他要是想回去,就尽早安排他回城。"县里领导果然十分有气魄。

消息传到村里,大家为李田强感到万分高兴,纷纷拥到他的宿舍看望他。此时的李田强紧紧握住大家的手,激动得一句话也说不出来。

十年的时光呀,人生最美好的青春,热血、汗水、奉献、牺牲,他把最好的年华献给了这里。这是一段难得的经历,这是一笔宝贵的财富。他已与这里结成了一体,这里的一草一木一山一水,都给他留下美好的回忆。

现在,是否要离开这里,他内心做着痛苦的选择,但父母在上海一声声呼唤他,他也明显感受到了。最后,他决定回上海。

李田强离开的那天早晨,乡亲们早早赶到了他简陋的宿舍,带来老母鸡、鸡蛋，还有李田强平时爱吃的莲子、花生、山芋，等等。

"我还会回来的，我要与乡亲们永远在一起。"李田强哽咽着与乡亲们一一道别。

五

真是光阴似箭，岁月如梭，不知不觉间，三十年的光景说过就过。特别是退休以来，随着儿子成家立业，李田强想回张母桥走一走、看一看的愿望日益强烈。他时常对着窗外的明月，回忆着在张母桥的点点滴滴，这个平时不大会作文的汉子，胡乱地写下了自己的感受：

我亲爱的家乡，春天的大地还铺满油菜花吗？夏天的蝉儿还不知疲倦地在枝头欢唱吗？秋天的田野还在组织劳动竞赛吗？冬天的天空还是满天雪儿似花开吗？

最懂莫过夫人心。李田强妻子了解丈夫的心思，这么多年来，李田强经常向她讲起当年的知青岁月，讲起帮助他的刘队长、王阿姨，有时梦里还迷迷糊糊地说起张母桥、砂院等亲切的话儿。

"走，我陪你一同回家乡看看。"当李田强妻子拉着李田强的手，表示要与他一起回张母桥时，他好不激动，第二天早晨，他们就匆匆上路了。

坐动车、乘汽车、打出租，李田强顺着当年的路线就向张母桥赶去。他使劲地伸出头望去，过去沿路的田野、村庄早已变成高楼大厦和工厂车间。沧海桑田，他感叹于时代的变化，但又有点莫名的伤感。

接待他的是当年的刘队长，队长虽然已经八十多岁了，但依然精神矍铄，他拉着李田强的手，高兴得话儿都不知从哪儿说起。

李田强一家家地走访，大家纷纷来到门外，迎接这个远道而来的亲人，每个人心中都充满了喜悦和激动。

村子明显变了，每个村民组都修通了水泥路，家家户户大门口都整成了水泥场地，过去的土墙茅草屋摇身一变成为栋栋别墅，人们的衣服也从过去的黄黑蓝变得多姿多彩。"他们的时髦程度一点也不亚于大上海。"看着村里的小姑娘们打扮得花枝招展，李田强不禁感叹起来。

但经过几天的了解，李田强发现村里的发展非常乏力，村民的收入主要来自年轻人在外创业打工，村里的自我发展能力非常差，一些身体很好的六十岁开外的乡亲，迫切想要得到一份工作以养家糊口，但很难有合适的岗位满足他们。

李田强坐不住了，他这种"忧天下之忧"的性格，让他有了发展产业、增加就业岗位、带动群众奔小康的念头。

"四十年前，我们满怀豪情，背着行囊，到这里接受贫下中农再教育；四十年后，我还要过来，与村民们同吃同住同劳动，一起促进乡村振兴。"晚上，李田强与妻子沟通道。

李田强妻子知道李田强的农村情结和脾性，他决定的事，她是拉不回来的。但她非常担心他的身体和精力，虽然她万般不舍，但她还是狠着心点了点头。

"我理解你的想法，但要保重身体，不能太累了。"妻子临走时千叮咛万嘱咐。

很快，李田强动员了志同道合的兄弟们，投资百万余元，成立安徽金山田农业科技有限公司，生产农产品，如银杏、木耳、猕猴桃等。有人提醒他，砂院村地处县域最西北，是偏僻的丘岗地带，水利不畅、交通不便，一旦投入，数年内很难获得收益。

待从头，乡村振兴再"知青"   55

他却一笑了之，此时的他只想回报他的父老乡亲，让他们有事做、有钱赚，自己是赚是亏，他管不了这么多。

后来，李田强又流转千亩土地种植油茶，养殖起蜈蚣和皖西大白鹅，由于毫无农业经验，经过几年的发展依旧毫无起色，李田强的身体因为过度劳累出现了状况，朋友们也都打了退堂鼓，村民都以为他会就此放弃这门"创业"课。

不服输的李田强回到上海休整两年，待身体康复后又精神抖擞地踏上回"乡"之路。

这时资金缺口成为他创业的最大难题，为此，他不惜出售了在上海城隍庙的仅有的一处住房。家人都无法理解，不同意他回农村，把他锁在家里，他却翻窗子跑了回来，住在村部旁一处废旧的小学里。

此次，他与好友张天宝在砂院村再次投资修整了许多荒山废地，开挖了十几口当家塘，同时打通了多条果林间小道和循环山路，种上了安吉白茶苗和桃树。他把农活都分给村民做，让他们赚取一些报酬补贴家用。

过去是荒山秃岭，现在是满山宝贝。通过李田强和他的合作伙伴们几年时间的努力，砂院村现已建成面积680亩的油茶种植基地、面积300亩的香椿种植基地、占地100亩的智慧农业香椿基地及冷链深加工厂，带动周边200多人次群众就业，人均年增收约3000元。

李田强的事迹经过媒体报道后，引起了广大知青的共鸣。2023年，在上海知青代表陈爱国等人的组织发动下，160余名上海知青筹资支持建设上海知青农业生态园，园区规划建设占地1000亩的优质有机大米基地、占地300亩的林下养殖基地、占地500亩的山地小南瓜特色种植基地，扩建占地500亩的油茶基地套种中药材。

漫山遍野的山林、郁郁葱葱的果园、流水潺潺的清渠，这就是人间仙境砂院村。每天早晨，李田强总要前来走一走、看一看，他很得意于这晚年的杰作，特别是周围的乡亲因此而受益，他发自内心的洋溢在眉头的微笑总是那么惹人开怀。

风吹乱了他的头发，他指着贴在墙上的一幅字："吾十有五而志于学，三十而立，四十而不惑，五十而知天命，六十而耳顺，七十而从心所欲，不逾矩。"

"七十而从心所欲，不逾矩。"他说，为了第二故乡的乡亲，人生七十又何妨，待从头，乡村振兴再"知青"。

我的父亲

多少年来,每到春天,我们兄弟五个都会携年迈的母亲和年幼的孩子一起到万佛湖大坝走一走、看一看。春花烂漫的时节,湖水烟波浩渺,湖岸花红柳绿,吸引南来北往的行人们驻足观赏、乘船游荡,他们恣意在这春的世界,我们一家却谁也不作声,我们沉默着,任思念在雾霭中飘荡。

大坝,量不完我们的追忆;湖水,盛不下我们的思念。

这里,留有我父亲的足迹;这里,回荡着我父亲爽朗的笑声;这里,令我们全家和我们的子孙感到无比骄傲和自豪。

我的父亲李屏是位解放战争时期的南下干部,后来担任舒城县人民政府的县长,但最令我们自豪的是他曾参与举世瞩目的淠史杭水利工程的修建,是龙河口水库的一名建造者。

一

这里地处大别山,世世代代以来,这里要么旱,要么涝。大旱来时,赤地千里;水淹之时,一片汪洋。据史料记载,从1671年到1949年的279年间,这里发生的水灾有122次。百姓颠沛流离、苦不堪言。

建水库,是这里的人们千百年来的梦想。

新中国成立，人们看到了希望。但当时经济困难，只拨给舒城300万元水利工程款，还包括库区人民的安置费用，这真是杯水车薪。但为了人民的长远利益，县委、县政府决定勒紧裤腰带也要上马这个项目。

缺乏资金，没有图纸，他们只好用土办法。好在有全县人民的支持，1958年冬季开始兴建，很快形成了十万大军建水库的浩大声势。

县委张德运书记挂帅指挥，用三个月时间把修水库涉及的数万名群众成功转移。

1959年到了，即将迎来新中国成立十周年大庆，全县上下决定以修好水库这一重大工程作为向国庆的献礼。

大家摩拳擦掌，但开年的大坝截流却失败了。这让大家情绪低落，这时张德运书记由于过度劳累，体力不支，实在无法坚持下去。潇潇风雨中，咆哮的洪水似乎把人们仅有的一点希望也带走了。

就在这样的关口，党派舒城县人民政府县长李屏，也就是我的父亲来到了修建水库的工地，任命他为水库工程党委书记。

展现在父亲眼前的工地现场，是一幅问题严重的景象。十万多民工聚集在巴掌大的地方，要吃要喝；水库大坝截流失败，民心低落；汛期即将到来，前景不明。这建水库到底还干不干？人们在心里也打了个问号。

困难，像大山一样压在父亲的肩上。但是，他并不气馁，因为在他的经历里，好像从不知道什么是困难和害怕。

这位从老家山东日照走出来的党员干部，有着坚定的意志和信仰。父亲读书时，由于受到党的影响，积极向往进步，1942年参加革命，当年就加入中国共产党，曾荣获一等功。他不仅自己参加革命，还带着兄弟姐妹一起参加革命。他说："从参加革命那天起，我就把脑袋系在了裤腰带上。"有一次他递送情报，与另一人接头时，被日本人盯上。

他俩撒腿就跑，日本人在后面紧紧追赶，子弹呼啸着向他们射来，战友英勇倒下了，而一颗子弹则打穿父亲的腰部，血流如注，他跑进了一口长满芦苇的水塘，才躲过了日本人的追杀。后来，他参加了解放军，参加大小战斗几十起。1950年10月他随大军南下大别山区，先后在金寨和六安地委任职。1955年来到舒城担任县长，而那时他才33岁。

1959年，他来到水库，他觉得真是无上的光荣。他在日记中写道："现在我又领导新的任务，我是带着务必解决困难的任务来的，我是怀着一定要修好水库的使命来的，一定不辱使命。"

面对好心人提醒修水库要面对巨大困难和挑战时，他淡淡一笑，说："共产党从来不怕困难，越有困难越要向前冲，修水库能比赶走日本侵略者，打倒国民党反动派更困难吗？"在他的眼里，这里是革命老区，是被千千万万烈士鲜血染红的土地。只要是在党的领导下，一切困难都可以克服。我们共产党人，就要敢于向"龙王"逞英雄。

他深入工地、工棚，慰问干部、民工。他一路走，一路和大家探讨截流方案，探讨大伙的吃喝拉撒问题，探讨安全施工问题。

他召开党委扩大会议，反复强调："气只可鼓不可泄，当前汛期来临，只能前进，不能后退，要在最短的时间内做好准备，夺取第二次截流的胜利。"

父亲的话让大家绷紧了发条，看到了希望，大家跃跃欲试，表示一定要与"龙王"试高下。

虽然时间不长，但大家已经很信服他了，因为他根本没有架子，到下面检查工作，从不接受招待，与大家一样吃集体餐。他除了开会，就是从这个工地到那个工地，晴天头戴草帽、身穿蓑衣，或光着脚，或穿力士鞋，完全和普通劳动者一样。有一次，一个民工误闯了他的房间，看到如此简易的摆设，以为是民工的住处，倒头在里面睡了一觉，直到父亲回来发现有个人在里面，此人才知道这是县长的"家"。

父亲最痛恨群众利益受损害，有一次，某个水利团的几名干部克扣、私分民工口粮，他得知后，立即派人检查，并做了严肃处理。后来，他在一次干部大会上痛心地说："我们共产党人，失去群众就会失去民心，粮食标准本来就很低，你还扣人家的口粮，这不是要人命吗？"

二

截流不仅要鼓足人气，还要讲科学，有了科学的翅膀，再加上不怕困难、不怕牺牲的精神，一定可以产生无限的生产力。父亲深深懂得这个道理。当年打仗时，他就与战士们研讨过怎么改良枪械，怎么提高射击的精准率。果然，经过改良的枪械，真正做到了一颗子弹消灭一个敌人，同时，减少了自己人的伤亡。

这天，他召开专家座谈会，就截流问题让大家畅所欲言。在休会的间隙，一名工作人员悄悄来到父亲身边，他拉了拉父亲的衣袖，二人来到僻静的场所，这名工作人员放低声音说："我们这里有名水利专家，不知道你敢不敢用？"

"水利专家？"父亲的眼睛亮了，他这段时间就为寻找水利专家焦头烂额。

"他是旧社会过来的，历史问题不清白。"这人有点神秘地说。看到父亲期待的眼光，他才接着说："他虽然在新中国成立前干过国民党的乡长，但在渡江战役时帮助过共产党，组织民工支前，为解放军提供了大量的物资；新中国成立后他主动参加生产劳动，表现很好，曾被评为全县十大劳动模范之一。"

父亲明白了，他说的这人就是李少白，父亲刚来时就听别人讲过，李少白是水利方面的专家，因为新中国成立前在国民党政府做过事、当过官，虽然后来表现积极，但一直不被信任。父亲心想："当前急需人才，英雄不问出处，只要表现好，我们照样可以大胆使用。"

于是他召开水库党委会，力排众议，任命李少白为水库水电局副局长，主管业务工作，同时被任命的还有：原国民党县政府的教育参议员刘化难，曾经被劳改过的土木工程师顾阳初，精通测量技术的国民党军队中的一个炮兵营长。

父亲和李少白等专家天天在一起商讨各种方案，有人打报告给县委，说父亲只相信旧社会那些人，把工人、农民抛在一边，政治立场有问题。这个问题在那个年代是非常严重的。

"是进还是退？"父亲抽着烟，在工地上来回踱步。他喃喃自语："无论他们给我戴上什么样的帽子，修建水库，造福人民是第一要务，自己的事就管不了那么多了。"想到这，他赶紧回到指挥部，给县委书记史元生写了一封信，力陈自己用旧社会专家的理由和他们经过改造后的政治表现。写完信，他仰望星空，发现今晚的天格外深邃，星星眨着眼睛，他也释然多了。

水库工地还有很多"右派"干部。他们中的大部分人都有技术方面的专长。

父亲成立了一支思想政治工作组，鼓励他们放下包袱，轻装上阵。

"要正确认识自己的错误，一分为二地看待自己，要为党和人民多做工作。"每遇到一名"右派"干部，父亲总是笑脸相迎，鼓励他们好好工作。

怎样改变肩挑人抬的落后的运土方式，始终是父亲的一块心病。这时，省里的领导来工地视察，父亲趁机要求支持一批运输工具，以提高效率。

"好啊！大的机械没有，独轮车还是可以解决一批的。"省委书记曾希圣望着眼前这位年轻的小老乡，被他的干劲深深地感染了。没过几天，就运来了1000辆胶轮平板车和500辆胶轮手推车的组件。父亲立即从县直工厂和周边公社手工业社组抽调木工、锻工、钳工、车工100多人，加上从工地抽出的一批学员工，共200多人，组建木工厂、机械厂，日夜加工车架，组装车轮，边组装边使用。不到一个月，这支拥有1500辆独轮车的运输车队就出现在工地上。

"向技术要效益，要生产率。"父亲在工地上开展了轰轰烈烈的生产革新运动，大大加速了水库的建设进程。

三

时间到了1960年，困难还是无处不在，特别是严重的饥荒困扰着每一个人。

人是铁饭是钢，一顿不吃心发慌。父亲紧急向上级反映，但哪里有多余的粮食呢？

情况被反映到省委书记那里，省委书记曾希圣从山东运来了大量的山芋等粗粮。同为山东人的父亲看着家乡的土产，眼眶湿润了，他捧起这红红的山芋，又轻轻地放下。"终于可以让大家吃饱了。"父亲长吁了口气。

一定要在春汛前完成截流，因为这一带是大别山地区的降雨中心，汛期一到，山区只要降100毫米的雨量，就会有1亿立方米的大水向龙河口涌来。舒城地形西高东低，工农业生产集中在下游地区。山顶上的水就是人头上的血，洪水来袭的场景，对每个人来说都是梦魇。

为使大坝抢在汛期前合龙，数十万舒城儿女陆陆续续向水库工地赶来。正如春桃在报告文学《失忆的龙河口》中所说的："坝外，十里人流，十里扁担，人们用钢铁肩膀架起一道道风雨无阻的运输线；坝内，十里水面，十里舢板，人们踏平一湖惊涛，源源不断送来砂石和黏土。"

父亲和李少白等专家一起研究水情和天气情况，雨一阵阵淋在李少白的肩上，父亲脱下自己的棉衣给他披上，李少白激动地望着这位与自己年龄差不多的县长，眼圈红了，他没有推辞，因为他感觉自己冷得厉害，可能要生病。"这时千万不能生病，一定要坚持到截流成功。"李少白给自己打气。父亲沉思一会，对大家说："不能蛮干，不能打无把握之仗，要动脑子，要发挥技术人员的作用，要把困难估计得大一点，这样就少一分被动，多一分把握。"

最终，他们决定 4 月 16 日截流合龙。

决战的时间快要到了，父亲连续召开党委会、参战人员誓师大会、突击动员会、全工地广播动员会。

16 日，父亲早早来到了截流的坝头高处。这天的天气虽然阴沉沉的，但没有下雨，这是近几天来最好的天气了。看到下面黑压压的人群和准备截流的小船、石块、树木、干草等物资，父亲心潮澎湃。他想到了战争年代，想到了大战之前，战士们群情激昂"嗷嗷叫"的劲头，好久没有看到那种场面了。今天这火热的场景，把他带回到那峥嵘岁月。

现场总指挥宣布："截流堵口开始！"

顷刻间，成板车的块石、成麻袋的黏土被纷纷抛入激流中，人们抬着、扛着、推着、运着，大家呼喊着震天的口号，互相激励着。不一会儿，小山一样的石头和黏土被填到了激流中。可是，抛下的麻袋和石块翻了个身就被咆哮的水流冲得无影无踪，甚至把两只运送石块的小船也掀翻了。

父亲眉头紧锁，他紧急宣布："停止抛石！停止截流！"他通过广播动员：五百位突击队员勇士们！考验你们的时刻到了，请按照我的命令，跳入大坝上游，用我们的"人墙"阻断洪水恶魔！

这是大坝建设的一个后备军团，他早就精心挑选了一批身体素质好，政治觉悟高，有良好水性的年轻人，每天集中训练，要求他们在需要的时候，勇于杀出一条血路。

随着父亲一声令下，早已整装待发的五百勇士"扑通！扑通"跳入河里。黑压压的人群，如魏然屹立的群山，他们肩并肩、手挽手，在风口浪尖筑起一道道坚不可摧的"人墙"。汹涌的洪水似乎并不打算被驯服，而是一浪高过一浪，铺天盖地向他们扑来，但勇士们岿然不动，任凭风浪起，稳立水中央。

刚才还是怒不可遏的洪水渐渐平缓了，它似一只发怒的狮子，被驯得低下了头。共产党员、共青团员乘势而上，迅速将成排的木桩搠入坝身，将一捆捆稻草、一棵棵大树、一块块方石、一袋袋黏土砸进坝口。

大坝慢慢合龙了，中午时分，父亲挥着手，向大家宣布："截流成功！大坝合龙！感谢各位的努力和付出！"

这是一个令人振奋的时刻，人们一扫多日的阴霾，欢呼着、歌唱着，成功的喜悦洋溢在每个人的脸上。县委也发来了致贺的消息，鼓励他们再接再厉，创造更大的成绩！

父亲当天破例倒了杯酒，但他并没有喝，而是把酒洒到了水库里，祭奠牺牲在水库工地上的英烈。

后记

不幸的是，1974 年，父亲到北京开会时突发疾病去世，年仅五十岁。

父亲去世时，我的母亲徐应凤才三十八岁，从此，她含辛茹苦地抚养我们五个孩子长大成人。

父亲，可以告慰您的是，我们虽然都很平凡，但我们都如您教导的那样，在平凡的岗位上努力工作、奉献人民，活挑重的干、利留大家享。您当年参与修建的龙河口水库，早已成为 AAAAA 级的万佛湖景区，每天迎接全国各地的游客。

父亲，我们将秉承"自力更生、顽强拼搏、牺牲奉献、科学求实"的溳史杭精神，教育我们的子子孙孙不忘初心、牢记使命，为祖国、为人民贡献力量。

铮铮铁骨，守护革命星火

1932年的张湾村正孕育着脱胎换骨的革命火种，先后经历了颗粒无收的大旱和轰轰烈烈的打土豪、分田地的"扒粮"运动，革命犹如一场及时雨，让受压迫的穷苦人民燃起了生的希望。农民革命积极性高涨，对国民政府和地主武装形成了强有力的冲击，于是反动派疯狂地哄、骗、诱、压、杀。

低矮的茅草屋中，一个黝黑健壮的年轻人紧握着父亲的双手，坚定地说道："死我一人，组织的其他同志就能秘密转移。死一人，生百人，何其幸哉。"父亲深知他既下决心，定不会轻易放弃，也深知此去凶多吉少。还没来得及交代几句，门就被撞开，两个蛮横大汉破门而入准备捆走年轻人。年轻人毫无畏惧地呵斥道："放开你们肮脏的手，我自己走！"

这个眼神坚定、神色自若的年轻人就是黄学美——张湾程河道支部首任支部书记。正是他守心如镜、守口如瓶地护卫来之不易的革命火种，两位上级同志和程河道支部的七名党员才得以转移，以张湾为中心的农会、农民自卫队的活动才得以迅速开展起来。也正因无数像他一样坚如磐石的革命守护者，舒城的革命星火才得以形成日后的燎原之势。

男儿立志当自强，投身革命保家国

哎嗨嗨,哎嗨嗨!
山歌好唱,口难开哎,
靠人门旁真寒心哎;
早晨鸡叫就出门啰,
太阳下山手才停哎;
建了楼房别人住啰,
兴了粮食归主人哎;
这今世道不公平啰,
丢了斧子米无升哚。

　　黄学美——黄大庭的儿子,家中兄弟六人,他排行老大。少年黄学美念过书,学过艺,吹弹拉打,百能百巧,样样在行,有一副天生的好嗓子和一手祖传的木匠绝活,常年在张家湾、陈家祠堂、汪家山头、李家山头、戚家庄、程河道一带走唱干活,很受群众欢迎,借此也接触到一些新思想。本可凭借手艺和口碑在这乱世中安生混口饭吃,但黄学美却不甘心于此,在目睹了地主为富不仁、鱼肉乡里的残酷和穷苦农民衣不遮体、食不果腹还要卖儿卖女的心酸事后,他产生了强烈的反抗意识,暗暗立志要与这乱世搏一搏。"共产党"这个新鲜、神秘又充满力量的组织,在他的脑海里时常闪过,他想加入,也曾暗自寻找打探,但苦于找不到领路人。

　　1929年,土地革命如火如荼地在中国大地上展开,中国共产党领导着这项人民拥护的伟大斗争,开始了农村包围城市,武装夺取政权的道路。已在东、西港冲一带秘密建立组织的王谋成、朱子加等人受到上级组织任命,来到群山环绕、地势甚优的张湾村,开始宣传新思想、发展新同志。这让投身无门的黄学美激动不已,也更加激发了他加入共产党、投身革命的坚定决心。随后，黄学美处处留心，并在有心人的提醒下终于联系上王谋成、朱子加。于是，黄学美立即召集黄学应等七人加入组织，成为第一批成员。

1930年，张湾程河道支部成立，黄学美任首任支部书记。自此，在黄学美的带领下，以张湾为中心的农会组织便积极发展起来，他们鼓动更多的穷苦百姓加入农会组织，并带领他们理直气壮地分地主的房屋、财产、田地，掀起一场场打土豪、分田地的农民运动，让昔日威风凛凛的地主劣绅一下子如瘪了气的球，没了往日的神气，叹息着末日的来临。

1927年，八七会议以后，全国广大农村到处是武装革命的烽火。农民革命如火如荼，势不可当。位于鄂豫皖三省交界地区的大别山区，先后爆发了黄麻、商南、六霍起义，创建了红军和鄂豫皖边区革命根据地。边区军民先后粉碎了国民党军队的三次大"围剿"。1931年年底，边区的武装力量迅速壮大，红军主力有4万余人，成立了红四方面军，根据地向外猛扩，东到舒城，西迄京汉铁路，北濒淮河，南至黄梅、广济，范围包括26个县，成为仅次于中央革命根据地的第二大根据地。革命形势的迅猛发展，使国民党政府坐立不安，惶惶不可终日。1932年，蒋介石亲自出马，发动对鄂豫皖革命根据地的第四次"围剿"。

张湾村属山七镇，位于大别山余脉，东接舒城革命起源地高峰乡，也是第四次"围剿"进入舒城的首冲之地。张湾程河道支部成立不久，黄学美在组织农民革命运动上丝毫不含糊，大张旗鼓的宣传和大刀阔斧的革命也引起了驻扎此地的国民党的注意。张湾程河道支部由于当时部分成员加入时间不长，意志还不坚定，在国民党的威逼利诱下，有的逃离家乡，有的不敢出头，有的被骗上当，导致组织内部出现叛徒，组织成员有被抓的危险。

一天晚上，夜黑风高，乌鸦在树枝上哑哑地干叫了两声，茅草屋内的煤油灯闪烁着，险些被山风吹灭，几个年轻人围成一圈，似乎在秘密商谈着什么大事。

其中一个年轻人拍案而起，愤慨道："我们一定要找出叛徒，消灭隐患，延续这来之不易的革命火种，推翻这吃人的世道！"

另一个青年忧心道："那现在怎么办？敌人守得死死的，要是能迅速转移，找到大部队，兴许还有一线生机。"

随后又是一阵紧张而小声的商讨，几个方案都被否定了，重压之下难有完美之策。正在犹豫不决的关键时刻，刚才拍案的青年再次站起来说道："同志们，你们先转移，我留下，还能给你们拖延点时间。革命是要流血的，要是能以我一人之命换同志们的安全，换组织的安全，换千万人的光明，又有何惧？"

"书记，您不能留下，您肩负着上级组织的重托和支部发展壮大的重任啊，我们留下，您先走。"

"不，敌人此次的目的就是要拿到上级牵头同志和咱们支部成员的具体名单，也只有我这有，他们达不到目的是不会善罢甘休的。时间不多了，我命令你们，趁着天还没亮抓紧转移去找大部队。"刚才拍案的青年语气坚定地说道。

众人来不及犹豫，青年已将其他成员推至后门外的山道上并关了门。

众人含泪辞别，带上程河道支部的希望和满腔革命热情奔赴根据地，而这个果决的年轻人就是支部书记黄学美。随后，黄学美将在外屋忧心忡忡的父亲叫过来，"扑通"一声跪下，握住父亲颤抖的双手道："儿子不孝，但儿子是一名党员，只能舍小家顾大家，死我一人，组织的其他同志就能转移。死一人，生百人，何其幸哉……"这个六十多岁黑瘦的老头嘴角抽动了几下，还没来得及说话，就被破门而入的壮汉推倒在地，黄学美被捕了……

黄学美深知等待他的将是极度酷刑，几天几夜的酷刑，昔日英姿飒爽的黄学美，已经被折磨得不成人样。他蜷缩在一间密不透风的黑屋子的一角，每天只能从一个碗大的墙洞中，伸手接过一点看守人递过来的饭食。身体上的百般酷刑并没有摧毁他的精神防线，他仍旧绝口不提成员名单和转移路线，敌人急了，绑上黄学美的父亲，一块拷打。

"黄学美，你们谁是头？"

"我是头。"

"谁发展你的？"

"没有谁。"

"那你怎么有打土豪、分田地的主张？！"

"这是明摆的理，田是我们开的，地是我们种的，别人又没出力。凭什么霸占？凭什么收租？"

"胡说！这话谁教你的？"

"没有谁，我自己想明白的。"

"你们一共几个人？！"

"只我一个！"

"废话，只你一个能起这么大浪？他们凭什么听你的？"

"能起这么大浪，是因为我做这件事是对的！听我的，是我讲话讲到他们心里面去了。"

审讯无法进行下去，旁边审讯的是一个大胡子，凶神一样，在审讯官耳边嘀咕几句。然后，大胡子吼道："拿杠子来！"

于是两个大汉按倒黄学美，在他两腿之间压上一根七八尺长的行杠。又派两个人站上去，黄学美头上的汗像水一样，他疼得牙齿都咬

铮铮铁骨，守护革命星火　　71

掉了。

"说不说？说不说？!"折磨了好一阵，那一伙人又吼起来。

"说什么？我不是已说完了吗？"黄学美用尽体内仅有的力气回答着。这时大胡子又想到另一招："把他父亲拉进来！"随后，两个壮汉从隔间将一个六十多岁的黑瘦老人推了进来，这个老人便是黄学美的父亲——黄大庭，一个本分的庄稼人，虽不识字，却也是当地讲情讲理的明白人，六个儿子中有四个都先后投身革命。黄大庭进门一眼就看见儿子那遍体鳞伤的惨状，泪如雨下。可还未等他细看，两个大汉又一把给老人上了酷刑。"黄学美，你讲不讲？再不讲，你老头子有苦头吃，哼！"

看着即将要为自己受过的父亲，这个铮铮铁汉流下了被捕以来的第一滴泪。他低沉着脸，低下头，不忍看一眼便闭上了眼，敌人踩在学美父亲身上的杠子上，痛得老人声嘶力竭，每一声都让黄学美的心在滴血。

堂屋里传来阵阵施刑声，这位年轻的共产党员始终不吐一字，不让一个同志受牵连，并用最后的力气高唱道："死我一人天下生，且看革命起雄兵……"再无一点办法的那伙人，只得把黄学美捆绑至六安行署，关进"共匪"所在的大牢。

如果说敌人的各种酷刑是对黄学美身体极致的折磨，那么关进六安行署大牢则是敌人实行的长期精神摧残。

"本为民除害，哪怕狼与狗；身既入囹圄，当歌汉苏武。"

狱中的生活是漫长而残酷的折磨，酷刑简直就是家常便饭。面对肉体的折磨和精神的恐吓，黄学美毅然决然、不为所惧。

"阶下囚还逞什么强？这次'围剿'我们都已取得决定性的胜利，'共匪'也就是秋后的蚂蚱，蹦跶不了几天了，现在坦白还来得及，留你一条活路，回家娶妻生娃孝敬你那快残废的老爹去。"

"呸！从来都是邪不压正，你以为我会怕你们恐吓，受你们诱骗？无非就是一个死，共产党人是不怕死的，一个我倒下了，还有千千万万个我站起来，共产党人是杀不尽的，我看逞强的是你们，心慌的更是你们！"黄学美愤然道。

有时实在疼痛难忍，他就吼几嗓子，唱上几句；有时没有饭吃，他就跟狱中其他同志一起逮老鼠充饥。因为一想到曾鼓动农会会员举着镢刀锄头，把地主的庄园砸个稀烂，就觉得大快人心；一想到革命未来的发展和人民当家做主的光明前景，就觉得浑身有力量。

狱中的黄学美始终坚定认为革命理想大于天，也始终坚信胜利的曙光即将到来，终有一天革命会胜利。

1935年3月28日，历经三年的折磨，倔强不屈的黄学美倒下了。因狱中长期营养不良，且未得到有效医治，他最终在狱中牺牲了，年仅二十八岁。临死前他依旧正气凛然、不屈不挠。

黄学美以大无畏的革命精神，践行了共产党人的初心和使命，虽死犹生。两年之后，他的父亲黄大庭从六安背回他的骸骨，葬于张湾村灰窑组的大山之中。

"人固有一死，或重于泰山，或轻于鸿毛"。黄学美烈士是为革命利益而死，他的死比泰山还要重。

苍松翠柏寄哀思，绿水青山映忠魂。昔日低矮破旧的茅草屋历经风雨已消失在人们的视野中，能记起大致位置的人也为数不多。曾经的张湾程河道支部的具体成员的名单我们不得而知，能看到的只有一座矗立在青山翠柏之中不太起眼的墓碑。黄学美以一己之力和血肉之躯扛下国民党反动派的百般折磨，仍旧初心不改、信仰不灭地保守着革命的秘密。后人对他的生平了解不多，县志也鲜有记载，然而他的事迹、他的精神却在张湾一带口口相传。

榜样的感召超越时空，精神的力量无坚不摧，黄学美的骸骨埋在了昔日他奋斗过的土地上，他的精神影响了一代代不懈奋斗的共产党人。回顾革命先烈顽强拼搏、不懈奋斗的壮阔历程，作为后辈的我们更应大力发扬红色传统、传承红色基因、赓续共产党人精神血脉，在新征程上攻坚克难、奋勇前行。

片片山菊祭女侠

一

让我们把时间倒回到一百多年前的1896年,风雨飘摇的中国,乌云笼罩,山雨欲来风满楼。安徽省舒城县晓天镇大别山区里,一个面黄肌瘦的小姑娘抱着妈妈的大腿,哭哭啼啼。

"不要怪妈妈,妈妈实在是养不起你了,到他家有吃的,有喝的,不会饿死的。"妈妈抱起小女孩,边安慰边陪着女儿一个劲地哭。

"婆家"的人来了,一个中年女人拉着小女孩就往家拽,小女孩瘫在地上不肯离去,中年女人一巴掌打来。妈妈眼睁睁地看着女儿被拖走,心如刀绞,泪如雨下。

这个才六岁的名叫汪孝芝的小姑娘就这样当了人家的童养媳。

初来乍到,汪孝芝心里怯怯的,全家人像看一只猴子一样看着她,她非常害怕。

"婆家"是一个大户人家,家里有几百亩地,雇了长工,还有一批家丁,主要是看家护院的。

这"婆婆"很凶,她安排小汪孝芝干这干那,稍不满意,就会一个巴掌打过来。早上起来,汪孝芝要割牛草。吃过早饭,她就得去放羊,一直要放到晚上,才能赶着羊回来,中午经常忍饥挨饿。羊是散放在山上的,漫山遍野的。有一次一只狼来吃羊,她大喊着求人来救,清脆的童音在整个山谷中回响,人们纷纷赶来,但还是有两只羊被狼吃了。回去后,汪孝芝被"婆婆"打得皮开肉绽,并被罚一晚不许吃饭。

倔强的汪孝芝从此一句话也不说,每天做着"婆家"安排的活,但她该吃就吃,该喝就喝,不给吃就想办法偷着吃。她下定决心要坚强地活下去,复仇的种子早就埋在她的心里,她要快快长大,为自己报仇。

村里有所私塾,一位老先生每天"之乎者也"地带着一帮孩子读书。每天空闲时,汪孝芝总要趴在窗户的外面,偷偷地学些唐诗、宋词,有时老先生也讲些维新思想和革命知识,这是孩子们最感兴趣的,汪孝芝也津津有味地听着。老先生思想开明,看到一个小女孩这样爱学习,便把她拉进来上课,还不收她家的米。汪孝芝很聪明,虽然是"编外"学生,但背书最快,对事情也能分析得头头是道,老先生越发喜欢她。

汪孝芝渐渐长大,虽然穿得那样破,但这挡不住她那绽放的青春。有时干活归来,"公婆"那异样的目光总令她感到恶心、痛恨。

"你都十六岁了,你们可以圆房了。我决定过两天搞个仪式,要风光点,邀请家里的亲戚和庄上的人见证一下。这是给你的嫁妆钱,你和诚儿明天到街上买几件像样的衣服,不要给我们家丢脸。""婆婆"甩给汪孝芝一点钱,命令道。

这是千载难逢的良机,汪孝芝早就准备逃离这个狼窝,但苦于没有钱和机会,一直没法行动。

第二天,当她与这个所谓"丈夫"诚儿一起来到街上时,她借口上厕所,从厕所的围墙上翻越跳下,三下两下便没有了踪影。"婆家"

的人果然有势力，借用乡丁的人力围追堵截。汪孝芝不敢休息，越难走越往前冲，跨过了山，蹚过了河。后面的人追得越紧，她跑得越快。跑丢了鞋、荆棘刺破了皮，她全然不顾。跑了一天一夜，她靠吃草根、喝泉水，跌跌撞撞，拖着虚弱的身体来到了六安县埠塔寺一带。

二

汪孝芝喘了口气，终于逃离狼窝了。

她蜷缩在一座破寺的廊檐下，风雨中，如筛糠般瑟瑟发抖。寺里的人进进出出，谁也不会在意她这样的可怜人，大家早就见怪不怪了。

"施主，随我来吧。"半夜里，一个声音传来。半昏半醒中，她被搀扶进了寺院。虽然她发着高烧，但她依然能看清，一个尼姑正为她熬药，并端着给她喝，又端来了稀饭。逃亡的日子里，她第一次尝到了饭香，她慢慢恢复了精神。她跪在尼姑面前，无声地抽泣着。

以后的日子里，汪孝芝拜这位老尼姑为师，学习采集中草药，为穷人治病，过着半乞讨半行医的生活。

原来这老尼姑是在理会的一位首领。在理会为清代皖西民间的秘密组织之一，主张推翻清政府，创建民国。汪孝芝恨死了清政府，她毅然入会。聪明的汪孝芝很能干，老尼姑非常信任她，把对外联络工作交给她。从十八岁开始，汪孝芝化名"汪三姑娘"，往来于六、舒边界，结识了在理会的各方首领、会友以及三教九流，为推翻帝制奔走。她疾恶如仇，行侠仗义，豪爽真诚，被会友推为首领。

汪孝芝在革命间隙学习中医技术，她常以治病为掩护开展革命活动。她治病不收钱，医术又高，在六霍一带，她的影响力日益扩大。

1924年6月，有个来自六安草皮塘的大地主郭洋斋找上门来，要为其瘫痪多年的老母亲治病。要不要为这个大地主的家人治病呢？汪孝芝一时拿不准，她决定请教老尼姑。

"救人一命，胜造七级浮屠，你去吧。"老尼姑是那么善良。

汪孝芝每天上山挖草药，再让药铺亲自配药，回来后又对郭母日夜调理。不到一个月，郭母就能坐起来了，后来竟慢慢康复了。郭母高兴得不知该怎么感谢，于是坚持收汪孝芝为义女，并要送给她住房十余间、良田数十亩，还有长工、厨娘。这时，汪孝芝为联络会友正需一个固定地点，也就欣然接受了。汪孝芝利用这个特殊场所，联络六安起义中失散的大刀会会员，吸收他们加入在理会。同时，她利用这样的条件，为穷人治病，做了许多好事。

此时的北伐战争正如火如荼，一些地方陆续出现了农民协会，会员们纷纷打土豪，分田地，汪孝芝听说这些都是共产党领导的。共产党是什么样的党，到底是干什么的，她不清楚。但她看到共产党所干的事，正是自己多年来梦寐以求想干而干不了的大事、好事。

"打土豪、分田地，多好的党呀！"汪孝芝晚上躺在床上，还在回味共产党的事，"我要是能加入共产党该有多好呀，那样就可以为贫苦老百姓办更多的事了。"想着想着，她迷迷糊糊睡着了。

从此，她更加留心共产党、了解共产党、寻找共产党。

党也在留意、考察汪孝芝。1928年春，中共六安县委开始在六、舒交界的地方，建立、恢复党的基层组织。县委了解到汪孝芝的情况，决定把她作为重点培养对象，派高伯明、马霖找到汪孝芝，讲述革命道理，剖析革命形势。他们更像是久别重逢的朋友，有着说不完的话，从早聊到晚，高伯明、马霖一直住到春节过后才离开。

1929年1月，汪孝芝期待已久的时刻到了，她被批准加入中国共产党。她紧紧攥着拳头，对党旗宣誓，眼泪不禁夺眶而出。她下定决心，要不怕牺牲，为党工作一辈子。

在党组织的安排下，汪孝芝以在理会首领和豪门闺秀的身份为掩护，在六、舒边界从事革命活动。她经常故意招摇过市，或者头戴红帽，身穿红袍；或者头插鲜花，身穿绸衣缎裙；或者乘坐花轿，走街串乡。但在群众中时，她就脱掉这华丽的服饰，穿上草鞋和打补丁的衣服，与贫苦农民和窑工深入交流，促膝谈心，宣传革命道理。经过一年多的工作，她先后在六安草皮塘、舒城张母桥等地创建了四个党支部、两个党小组，共发展八十多名党员。六安的埠塔寺、九十铺、张家店、施家桥、陈家河，舒城的张母桥、鹭鸶庙、干汉河、下五显一带都有了农民协会。仅张母桥、狗食岗、春秋山几处，就有会员四百八十多名。在汪孝芝的组织下，贫苦农民纷纷加入农民协会，就连私塾先生、手工业者也纷纷加入。

队伍一天天壮大，大家满怀激情投身革命，汪孝芝又办起了红学堂，教协会会员识字、练武。

1930年4月，皖西苏区六安中心县委六（安）霍（山）前方办事处决定，在井上庄建立苏区与外面联络的秘密交通站，汪孝芝任站长。工作中，汪孝芝以在理会的"汪三姑娘"身份为掩护，把党中央派来的和苏区派往外地的同志，一一作了妥善安排。有的化装成艺人，有的化装成小贩，等等，混在三教九流之中，来来往往。江湖上的一些人成了她的耳目、眼线，各地的红学堂成了保护交通线的武装力量。

1931年5月，六霍县委成立，领导六安、霍山、舒城的白区工作，汪孝芝当选为县委委员兼草皮塘党支部书记。

三

"目前反动派部队正在对红四军进行'围剿',苏家埠战役即将打响,我们地方武装应该策应大部队行动,建议举行暴动,牵制反动派的力量。"1932年3月6日晚,汪孝芝传达上级的指示。

大家摩拳擦掌,早就准备大干一场了。

"打倒反动派,怕死是孬种!"大家纷纷表达决心和意志。

"李少伯被敌人抓去了!"一天夜里,大家开会时,突然传来这晴天霹雳似的消息,震惊了会场中的每一个人。大家知道,李少伯是暴动的主要策划者,如果他禁不住拷打招供的话,后果不堪设想。

"不要担心李少伯会叛变,我了解他,我担心他会牺牲,现在我们应想方设法营救他。"汪孝芝下了命令。

就在大家设法营救时,传来消息,李少伯已经牺牲。

大家义愤填膺,纷纷要求攻打九十铺,为李少伯报仇。汪孝芝强忍悲痛,她冷静地对大家说:"现在不能冲动,这仇迟早是要报的,但现在稍有不慎就会惊动敌人,带来灭顶之灾。我们是共产党的武装,要一切行动听指挥。"

大家强忍怒火,等待着最后暴动的时间。

但就在4月下旬,皖西"剿共"大部队经过六、舒边境,"清乡团"头子似乎闻到了血腥味,他们加强了对赤卫队的"清剿",一些赤卫队队员惨遭杀害,十多个骨干被捕,形势越来越危急。

机会终于来了,1932年5月6日早晨,汪孝芝早早来到了冇牛岗,赤卫队、儿童团整齐列队,在此听候命令。

"今天我们举行暴动,打倒吃人的旧社会,我们翻身做主人。现在我宣布：成立苏维埃政府！九十铺为二乡，埠塔寺、草皮塘为三乡，过龙塘为六乡，陈家河为七乡。同志们，我们去打土豪，分田地……"话音未落，会场上就响起了一阵阵暴风雨般的掌声。

"打土豪，分田地！打土豪，分田地！"大家高呼口号，向着目标行进。

敌人似乎也早有准备，"铲共"队长李宾如、刘敬之、施汉三带着几百人从三面包围过来。汪孝芝当机立断，一面把红旗插遍有牛岗，一面集中火力阻击。敌人看到漫山遍野的红旗，不知虚实，不敢前进。

夜深人静，双方都在观察着动静。突然，敌人防守薄弱的西南方响起了密集的枪声，原来是汪孝芝带领队伍冒着枪林弹雨在此处打开了一个缺口，使部队成功突围。

5月7日夜，突围出来的队伍在张家店东南的月牙塘会合。汪孝芝将队伍改编为六霍县游击大队，活动在前河两岸。后来，游击大队陆续消灭了张大院、小老家、思古潭、丁家圩等地的反动武装。5月15日，汪孝芝带领部队攻占张家店镇，正式成立了二区苏维埃政府，游击大队被改编为六霍独立营。

"六霍暴动"的成功，极大地振奋了人心。天下苦反动派久矣，为了保卫胜利果实，出现了母送子、妻送郎参军的场面，广大妇女连夜做鞋送给前线的战士。

群众默默支持的场面，让钢铁女侠汪孝芝的眼泪禁不住流了下来。一个大娘把家里仅有的一只母鸡和一篮鸡蛋送来了，要为汪孝芝补补身子。汪孝芝紧紧握住大娘的手，要付钱给她，老大娘怎么也不收。大娘说："是你们让我们分到了土地，吃到了粮食，你们是我们穷人的恩人呀！我把三个儿子都送过来参加你们的部队。"

但就在回去的路上，大娘被巡逻的反动派枪杀于河沟里。汪孝芝怒火中烧，她组织队员把老人的尸体抢了回来，她伏在老人的尸体上，悲痛难耐。大家咬碎钢牙，纷纷表示要为老人报仇。

四

"活捉汪孝芝，悬赏一万大洋！"到处张贴着悬赏捉拿汪孝芝的通缉令。"我的头有这么值钱吗？谁愿意拿去就拿去。"她的轻松和幽默把大家逗笑了。

这话要从1932年9月说起，当时蒋介石向鄂豫皖苏区发动第四次大规模"围剿"。汪孝芝和县委根据上级指示，率领独立营、地方干部和红军家属前往麻埠，准备参加主力红军。不料，红四方面军主力已离开根据地西去，国民党军队正如潮水般涌来。当汪孝芝一行到金家寨附近的长柱岭时，前面的道路已被切断。结果，部分同志冲破敌人的堵截，追上西行的红军部队走了，其余的由汪孝芝带回，在中共舒城特支的领导下坚持斗争。

对于汪孝芝，敌人如鲠在喉，必欲除之而后快。他们多次组织大部队"围剿"，但汪孝芝带领部队就像鱼儿钻进了水里，在人民群众的支持下，总是给敌人以出其不意的打击。后来，敌人以悬赏的办法捉拿汪孝芝，但同样以失败而告终。

"我还是回到井上庄，那里有好多失散的同志等待联络。"1933年4月21日夜，汪孝芝参加舒城特支召开的党员代表大会后，立马就回到了井上庄。

"你吃豹子胆了，还到这里来？那帮豺狼早就等着把你的头颅拿去领赏！"农友孙正贵见到她时大吃一惊，赶忙把她拉进家里。

"我早就把脑袋系在裤腰带上了，我们不能像老鼠一样东躲西藏，我们越退缩,敌人就越嚣张。"当晚,她和老孙商量了活动的办法,准备第二天分别与有关人员接头。

俗话说隔墙有耳。汪孝芝半夜到来的开门声响早就惊动了隔壁的伪保丁——地痞周矮子,他连夜跑到乡公所去告密。

天才麻麻亮,汪孝芝刚刚躺下,就听到外面的嘈杂声。汪孝芝敏锐感觉到情况异常,悄悄地从暗道离开了。

伪乡长陈久龙带领敌人把井上庄团团围住。敌人挨家挨户地搜查,没有找到汪孝芝,于是便把全庄人赶到孙正贵家门前的打谷场上,让他们站成左右两排。孙正贵被吊在老榆树上,已被打得皮开肉绽,昏死过去。

"你们谁知道汪孝芝的下落?"敌人端着刺刀,想从他们嘴里问出汪孝芝的下落。

"不知道!""不知道!"……大家众口一词。

"好,我知道你们都说不知道,但我们的枪支和刺刀要叫你们知道!"敌人露出了狰狞的面目。

"你到底知道不知道!"敌人对着一名妇女,歇斯底里地威胁着。

"不知道就是不知道!"妇女义正词严。

"好,我叫你不知道!"说着,敌人的刺刀就刺向妇女的胸膛,妇女当场倒下。

"现在谁还说不知道?"敌人再次威胁。

"我们就是不知道!"大家异口同声。

又有几个人倒在血泊中,乡亲们一个个昂首怒视敌人。陈久龙气急败坏,举着手中的半截香烟,声嘶力竭地狂叫:"等我抽完这根烟,你们再不交出汪孝芝,我就把井上庄杀得鸡犬不留,烧得寸草不剩!"

人群骚动了一下,又很快平静下来,四周出奇地安静。

"预备！"突然不知从哪儿传出了一声口令。匪徒们拉起了枪栓，准备开枪。

"你三姑奶奶在这儿，不许动乡亲们一根寒毛！"一道声音犹如晴空霹雳。大家回头一看，汪孝芝从草堆中走了出来。人群中一片惊呼："汪三姑娘！汪三姑娘！……"

汪孝芝拍拍身上的灰尘，深情地对大伙说："受惊了，乡亲们！死了我汪孝芝不要紧，革命一定会胜利的！"

"快把她绑起来！"伪乡长陈久龙喝道。两个如狼似虎的敌人掏出绳子扑上前来，汪孝芝大喝一声："姑奶奶用不着你们伺候！"她从容地把别在腰上的新鞋换上，又反身走进彭光奎的家，洗了脸，梳理好头发。她蔑视着尾随的敌人，然后大步向庄前走去。

"汪三姑娘，你不能走！"在场的群众揪心地呼喊着，并试图上前把她抢回来。

"乡亲们，我们不要做无谓的牺牲，大家保重！革命一定会成功的！"汪孝芝与乡亲作最后的告别。

敌人把汪孝芝押往张家店，对她又是拷打又是利诱，软硬兼施，汪孝芝坚贞不屈。4月26日，敌人把年仅四十三岁的汪孝芝杀害在张家店街头。

汪孝芝牺牲后，农友们把她的遗体运回草皮塘安葬，窑工们特地烧制了一块镌刻着她的生平事迹的陶瓷墓碑，乡亲们挖来一棵棵山菊栽在墓前。

今天，汪孝芝的墓地已被改建成烈士陵园，但每到深秋，红的、紫的、黄的山菊花仍满山芬芳，它们在告诉汪孝芝：今天盛世，如您所愿；山菊祭奠，愿您安息！

父子接续，代代守护

"如果老爸不生那场病，他就不会掉队，就会跟着解放军一路走下去，我们全家也会跟着爸爸一起走出这大山，我们现在的生活也一定会更好的。"

梁生贵的儿子梁成林经常坐在门口发呆，想象着家里发达的情景。

家里现在的景象确实令他沮丧，全家人蜗居在严严实实的山坳里，抬眼一望，除了头顶上的一块巴掌大的蓝天，满眼都是苍莽的大山。山穷水恶，每天做着永远也见不到头的农活，从年头到年尾，又从年尾到年头，除了能把家里人的肚皮填饱，家里穷得比大水冲过后还干净。

所以，梁成林一直不满爸爸梁生贵当初的决定。

说到贫困，梁生贵确实很自责。他脱离部队回到地方后，结婚、生子，然后就是日出而作、日落而息的生活，全家守着不多的山头地，过着紧巴巴的生活。但他坚信贫困只是暂时的，只要肯努力，一切都会改变的，何况国家接连推出扶贫和乡村振兴等一系列惠民政策，山区的面貌一定会有很大改变的。再说了，他的很多战友就埋在村后的大山上，他要为他们守墓，他要陪着战友们，他不能仅为了自己就置最亲爱的战友们于不顾。

梁生贵突然觉得，这小孩怎么会有这样不正确的想法？这想法太可怕了。这说明我们的教育出了问题，只为自己着想，不为他人着想；只愿坐享其成，不愿努力奋斗；只想从先辈手上获得什么，不想继承先辈的遗志，努力奋发图强。

人生观、价值观对一个人的成长是非常重要的，而这从小就要加强培养，要系好人生的第一粒扣子。

梁生贵感到担子沉重，他决定把围绕这块土地的革命斗争史好好梳理一下，以更好地教育后代，让他们铭记历史，传承红色基因，开创更美好的未来。

一

舒城县晓天镇被大山环绕，与潜山、岳西等县接壤。梁生贵的祖祖辈辈在这里繁衍生息。虽然生活极其艰苦，但祖辈们以顽强的毅力生存着，形成了吃苦耐劳、坚强隐忍、乐善好施等山区人特有的品格。

但这一切在20世纪20年代发生了变化。一批年轻人带来了先进思想，马克思主义、共产主义、打倒地主阶级等革命思想迅速传播开来。

山区里开始举办农民讲习班，一批革命者开始秘密在群众中讲授《共产党宣言》，鼓励大家团结起来，争取解放。

大家终于明白了为什么老是受穷、受压迫，他们要组织起来，向几千年来吃人的封建社会发起进攻。

当时十多岁的梁生贵正在为地主打长工，受尽了地主的压榨，天不亮就要起来放牛，白天帮地主家干地里的活，晚上帮地主家磨面。虽然一年干到头，但他依然吃不饱、穿不暖，还经常遭受地主家老老少少的毒打。

村里开始"闹红"了，整个村庄酝酿着革命的火种，梁生贵悄悄参加了村里的农民协会。小伙子非常机灵，人又勤快，很快成为协会里的一名积极分子。他学习革命理论，又结合实际向乡亲们传授，他的讲授通俗易懂，深受大家的欢迎。

农民们组建了自己的武装力量，由梁生贵担任侦察班班长，负责情报搜集和警卫等工作。他每次都出色地完成任务，他们夺取地主的庄园和粮食，农民武装的影响力迅速扩大。他们多次打败前来支持地主的反革命武装，惩处了一批地方恶霸，革命队伍进一步壮大起来。

"那时我们的队伍有两千多人，晓天镇，包括周边的岳西、潜山等地的青年也纷纷赶来参加我们的革命武装。"回忆起当年的战斗情景，梁生贵仍感到自豪。

时间到了1935年，中国革命遭遇了严重的挫折，晓天镇等地的革命形势也受到了影响，地主武装开始反攻倒算。

1935年深秋的一天，中国工农红军第二十八军一部，在今天的晓天镇双河村石关组的石关口遭遇国民党反动派的"围剿"部队。战斗从早晨打到晚上，异常惨烈。排长梅玉山同志挺身而出，带领全排战士，在敌众我寡的情况下，坚守阵地。梅排长身边的战友全部壮烈牺牲，梅排长自己也身负重伤，弹片削去了梅排长左半边脸，鲜血染红了军装，他感到一阵头晕。这时冲上来三个敌人，一下子扑倒了他，梅排长咬紧牙关，拼尽最后的力气，拉响了腰间最后一颗手榴弹，与敌人同归于尽。

梅排长和战友们的牺牲为红军主力赢得了时间，他们安全脱离了险地。这就是历史上有名的石关口阻击战。

战斗中，梁生贵组织协会武装始终配合梅排长的阻击战，挖战壕、打掩护，运送伤员、弹药、武器和粮食。在战斗结束后，他们收集战友的尸体，找了一个较好的位置掩埋。

不久，敌人又开始疯狂地进攻，在敌强我弱的情势下，部队化整为零,分散到群众家中。这些革命战士,如种子一样,发动群众、组织群众,建立起一个个革命武装,革命的星星之火在整个晓天镇及周边山区蔓延开来。

1937年,全面抗日战争开始了,国民党反动派停止了"围剿",这使得活动在深山里的游击队队员们获得了喘息时机。梁生贵抓住时机,进一步深入群众,组织抗日武装,侦察部队一度扩充到近百人。一说到活动在晓天镇深山里的侦察连,敌人无不闻风丧胆。

1941年5月,驻扎在桐城的日军妄图来晓天镇"清剿"抗日武装。他们气势汹汹,带着一百多人的铁甲部队浩浩荡荡地向晓天开来。已担任抗日侦察连长的梁生贵早已探得敌人的动向,在晓天镇布下了天罗地网。在敌军刚到晓天镇双河村驻扎时,早已埋伏好的从桐、潜、岳赶来的新四军立即兵分三路攻来,将这支敌军团团围在两山之间的狭长地带,使他们成了瓮中之鳖。

被围住的日军仍在顽抗,他们发起了反冲锋,仗着先进武器和强大的火力,多次把我方部队打得不能前进。梁生贵拿出了他们侦察方面的优势,在山后边找到了一条小道,直插敌人的后背,与敌人展开了肉搏战。这时,四面八方的新四军战士喊着口号冲下山来,把该支敌军全部消灭。

打扫战场的场面是令人震惊的,阵亡的战士们保持着各种各样的姿势:有的战士与敌人紧紧抱在一起,牙齿还咬着敌人的耳朵;有的把敌人摁倒在地上,掐住敌人的脖子至死不放;有的战士被敌人扑倒在地上,但用刺刀狠狠地刺穿了敌人的胸膛,他们的身体连在一起,怎么也分不开。战后统计,新四军共伤亡三十多人,但消灭敌人一百多人,这是新四军在晓天最大的胜利,极大地鼓舞了广大军民的士气。

把战友们的尸体掩埋好后,梁生贵又投入新的战斗中。

二

雪花纷飞，狂风怒号，一支农民武装正行进在群山沟壑间。战士们穿着草鞋，背着行囊，头上、身上落了厚厚的一层雪，但他们仍警惕地端着枪，始终保持着战斗的姿态。

带领这支武装的正是梁生贵。受上级组织委托，他们要到平原地带开辟新的根据地。

"解放战争已打了两年多，全国都转入反攻，我们也要把战火引到国统区。"晓天白果树会议室中，来自上级的特派员指出了下一步的斗争方向，"再说了，山区资源有限，只有到平原开展斗争才能有较大的发展前景。"

成长起来的梁生贵自告奋勇，他要带领一支部队奔赴最艰难的地方，去打开局面。

他的请求很快获准了。在一个大雪纷飞的夜晚，他带着一支农民武装开拔了。

"报告！前面发现了一支敌军。"率领部队走在前面的梁生贵接到了侦察兵的报告。

"有多少人马？"梁生贵镇静地问道。

"雨雾蒙蒙，看不清。"侦察兵回答。

这是一片宽阔的地带，拉开阵势，死拼硬打，对于这支装备落后的农民武装来说，显然是吃亏的。

"传我命令，所有人员不许出声，控制好牲口，改变行军路线，后军变前军，从东面的山沟撤退。"梁生贵命令道。

部队悄无声息地迅速向东撤退，但就在这时，突然听到了阵阵女人的痛苦的尖叫声。眼看敌军步步逼近,梁生贵怒不可遏,他一方面组织小股部队做引诱敌人之准备,另一方面迅速前去察看情况。

"有个女兵要生孩子了。"侦察兵迅速报告。

怎么办?梁生贵的头脑飞速旋转着。如果丢下这个女兵,部队继续前进,这样部队最多损失一个女兵;如果留下大部队抵抗敌军,保护这个女兵,这样,部队的损失可能更大点。

就在大脑飞速思考的同时,梁生贵已来到了女兵面前,看到女兵躲在路旁的草地里,全身上下被雪水打湿,痛苦地低声呻吟着,额上沁出了颗颗冷汗。梁生贵马上从自己的行囊里取出一块破旧的军毯让女兵垫上,同时,命令士兵们以女兵为中心,背对女兵组成一个合围圈,同时下达命令:狠狠地打击敌人。

敌人追上来了,大家拼死抵抗,一个战士倒下了……两个战士倒下了,三个战士倒下了。战士们要求赶紧撤退,不然伤亡更大。梁生贵下了死命令:女兵不生完孩子,不许撤退。他动情地说:"我理解大家的想法,但我们战斗的止的就是保护我们的母亲,保护我们的姐妹、妻子呀,不保护她们,我们的战斗和牺牲还有什么意义?"

在梁生贵的动员下,战士们同仇敌忾,杀红了眼,向敌人发起了一次次冲锋,他们要尽量拖延时间,保证女兵安全生下孩子。

女兵痛苦的呻吟声越来越小了,但枪炮声更猛烈了。就在这时,一阵婴儿的啼哭声似从天际传来,战场上突然出现了一刹那的寂静。在这炮声隆隆的战场,婴儿的啼哭就是停战的号令。

但刹那的静默之后,等来的是敌人更疯狂的进攻。"撤!"梁生贵果断下令。他让出了自己的战马,把女兵母子扶上战马,由一名小战士牵扶着战马撤退。

梁生贵殿后组织撤退,他的子弹如复仇的种子,射倒了一个又一个敌人。子弹打光了，他又组织大家占领制高点，用山上的石头作武器，向山下的敌人投去。但就在这时，一颗子弹射向了梁生贵的脸颊，从他的眉宇间擦过。

梁生贵受伤了，被迅速转移到后方治疗。

战斗结束了，梁生贵的脸上缠满了绷带，他摸索着来到女兵母子那里，抱起婴儿，眼泪却掉了下来。

这支人民的军队得到了人民的极大拥护，迅速打开局面，在潜山、桐城等地站稳了脚跟，打了一系列大胜仗，并组织当地群众支前，有力地配合了全国解放战争的开展。

三

战争是残酷的，不仅有战场上的牺牲，还有后方的大量付出。

梁生贵既当前线指挥员，也要做好后勤保障，他的身体也被拖垮了。不久，他患了一场大病，当地的医疗条件很差，无论怎样治疗，病情也无法好转。

在外面辗转这么多年，躺在病榻上的他，这时是那么想家。

"爸爸、妈妈，你们二老的身体还好吗？"他担心着二老的身体。记得两年前刚刚出发时，梁生贵悄悄回去过一趟。当时已是半夜了，爸爸躺在柴灶旁边的小床上。听到儿子的叫声，老人披着一件破棉袄就起来了。妈妈从里屋也起来了，忙着在厨灶里切菜、煮饭。妈妈有着高度的警惕性，她把两个女儿也叫了起来，要她们到屋外观察动静，一旦有坏人前来就立即报告。

不一会儿，梁生贵就闻到了山里小河鱼的香味。这是他平时最喜欢吃的。

简单的几个菜被端上了桌,爸爸、妈妈也围拢过来。爸爸从柴灶里拿出了他平时珍藏的一点老酒。

这是全家一次难得的团聚,他们有着说不完的话,家人最担心的就是梁生贵的安全,叮嘱他一定要注意安全、保重身体。姐姐、妹妹轮换着回来陪哥哥说话,妈妈则目不转睛地看着儿子,担心和牵挂全写在她的脸上。

因为有重要任务,当晚梁生贵就出发了。他们理解他,一家人一直把他送到村口。

这一别就是两年多,虽然在此期间他写过几封信,但在这兵荒马乱的年代,这信是否能够寄到,他心里也没底。

现在他病倒了,这越发勾起他思乡的情结。

第二天,他就向组织提出申请,要求回家治疗。

鉴于当地的医疗条件,组织很快批准了他的申请。

他拿着组织的介绍信,每到一个地方,都受到当地人民政府的护送。很快,他回到了魂牵梦萦的亲人的身边。

听说儿子马上要归来,一家人高兴坏了。他们走到村外老远的地方去迎接,但这时的梁生贵躺在担架上,由几位民兵抬着,一路颠簸着向家里赶来。

大家赶紧找了当地有名的土郎中,又马不停蹄地到山里挖中药材,一家人忙得团团转。看着儿子干瘦蜡黄的面庞,妈妈的心都要碎了,她不停地抹眼泪,把家里正在生蛋的老母鸡杀了,给儿子补充营养。

一个月后,梁生贵的病情明显好转,脸色红润了,也能下床走路了。

"我要去寻找部队。"梁生贵望着苍莽的大山,常独自发愁。

"全国都要解放了,估计也没什么仗要打了。再说,我和你妈身体不好，也需要有人照顾。你三十岁了，三十而立，你也要找媳妇成家了。"父亲抽着烟斗，劝说儿子就在家务农，不要在外东奔西跑了。

梁生贵低头沉思着，良久，他抬起头来，看到爸爸满脸的皱纹如一条条纵横交错的沟壑，枯槁的双手，经脉像一条条蠕动的蚯蚓，在爸爸的手背上爬来爬去。

他真的好心疼，没想到，几年过去，老爸竟老成这样。他一字一句地对爸爸说："国家要解放了，我们要投入建设了。在哪建设都一样，在家也是建设。我准备留在家里，边建设边照顾您和妈妈的身体。"

从此，梁生贵就留在家里，发动群众开展土改运动、发展互助生产，参加社会主义改造。

"我本农民，解甲归田，亦为农人，不变的是我的本色。"他常这样自豪地自我介绍。

四

到处都是生机勃勃的生产场面，到处都是活跃的创造，梁生贵迸发出了无限的劳动热情。不久，他娶妻生子，在家乡真正扎下了根。

20世纪60年代初，国家遇到了前所未有的困难，这时，家里人鼓动梁生贵向组织提要求，看能否在生活上得到点救济。

"绝不能向组织提要求，绝不能给组织添麻烦。"梁生贵义正词严地拒绝了家里人的好言。

这时，梁生贵过去的老部下——当时的一个侦察兵经多方打探找到了梁生贵，并在他家吃了饭。看着这位叔叔带着小车，身后还有警卫护卫，梁生贵的小儿子梁成林可不干了，他开始怨恨起爸爸了。

"你原来的手下都那么风光，你怎么混成这样？全家人都快要饿死了。"儿子眼泪汪汪地埋怨起老爸。

"我要不回来和你妈结婚,会有你吗?"梁生贵没好气地对儿子发火道。

"我们不能躺在前人的功劳簿上享福,我们要创造自己的幸福生活。"梁生贵劝导儿子。

小小年纪,怎么能有这样的思想?想想儿子白天说的话,梁生贵晚上躺在床上,觉得不可思议。

红色教育当从娃娃抓起。梁生贵有了自己的思路。

"这里处处埋忠骨,这里处处都有英雄的故事。"梁生贵现场带着孩子们开始了红色教育。

"这块墓地埋葬着十多名烈士,是当时在与日本鬼子的战斗中牺牲的。"梁生贵讲起了那场惨烈的战斗。

孩子们听得入了迷,被革命英雄主义精神深深感染。

"这是白果树会议旧址。"梁生贵带着孩子们来到一棵白果树旁,向他们讲起了那一次重要的会议:1935年12月16日夜,红二十八军在高敬亭的带领下进行官庄战斗后在这里休整、开会,会议决定开辟新的根据地……

这棵大树还见证了如此光荣的会议,孩子们仰望着大树,顿生钦慕之情。

兵荒马乱的战争年代,烈士们的遗骸散落在各地,不利于祭奠。梁生贵决定把他们的遗骸收集到一起,建个烈士墓园,有利于开展红色教育。

他带着当地小学的孩子们一处处寻找烈士的墓地和遗物,并标注上记号,但大多数烈士根本查不到他们的姓名和籍贯。

"当时他们是从各个部队过来的,为了这片土地的解放,他们流尽了最后一滴血，但他们没有留下自己的任何信息，他们是真正的无名英雄。"梁生贵常常感慨地说。

在梁生贵的积极推动下，原平田乡人民政府（现并入舒城县晓天镇人民政府）于1967年决定建平田烈士公墓于双河村周家山下，将部分散葬烈士的遗骸迁葬于此。

梁生贵把这么多年来收集的烈士遗物和标注的烈士墓等相关信息，全部交给了平田乡政府。

经过半年的修建，平田烈士墓园终于建好了。墓分两冢：上冢为1930年至1933年在驼岭鸡笼涧河、新华铁炉冲、小涧冲至板仓一带战斗中牺牲的22位烈士；下冢为抗日战争、解放战争期间在平田境内牺牲的34位烈士。

"孩子，他们是为我们的解放而牺牲的，我们要永远记住他们的功绩。"在烈士墓园祭奠仪式上，梁生贵深情地对儿子梁成林和其他少年儿童说，梁成林惭愧地低下了头。

每到清明节，乡里和村里都会组织一批批学生前来祭奠先烈，开展爱国主义教育。已进暮年的梁生贵拖着病体，甚至坐着轮椅前来宣传英雄事迹，讲述革命故事。孩子们睁大好奇的眼睛，听得如痴如醉，他们最喜欢听梁爷爷讲革命故事。

2015年，梁生贵躺在病榻上，已奄奄一息，他拉着儿子梁成林的手说："你还怨恨老爸吗？"梁成林紧紧握住老爸的手，泣不成声地说："我小时不懂事，我错了，您是伟大的，我们都要向您学习。"

"好……吧，我……放心……了。你……接替……我……去守墓，要……讲好……红色……故事，传承……红色……基因，把……我们……红色……江山……代代……传……下……去。"老人断断续续留下了他最后的遗言，然后撒手人寰。

"您放心吧,我一定继承您的遗志,守好烈士墓园,讲好烈士故事,让红色精神代代传。"梁成林早已哭成一个泪人。

目前,平田烈士墓园已成为市级文物保护单位、全县百公里爱国主义宣讲的一个重要站点,在清明、六一等重要节日,一批批青少年前来祭奠、追思。此时,一位中年人开始不厌其烦地向人们讲起烈士们的英勇事迹,他就是梁成林,这已成为烈士墓园一道特别的风景。

致敬胡志满

一

春日的寨冲村，青山翠绿，流水潺潺。竞相绽放的花儿顺着山涧绵延着铺向远方；古老苍劲的松、栗、槐、柳等古树扑面而来，它们一字向山顶排开，沧桑风骨，让人顿生一种缅古思昔的肃然之情。

一字排开的古树里，为首的一棵松树特别引人注目：树干劲直，树皮皴裂，老干上发出簇簇柔条，沧桑中蕴含勃勃新机。向下看去，树下的杂草和灌木间矗立着一座石碑，我们不由得心头一震。

这棵树有来头，有故事。

石碑上简要记录着一个人的生平："胡志满，男，舒城县干汊河镇人，1936年牺牲后埋葬于此。"

石碑上只有这么寥寥几笔，当地人说，他牺牲时才三十六岁。牺牲后，他的头颅被敌人割下悬挂在县城门上，当地百姓悄悄把他的无头尸体掩埋，并种下一棵松树作为标志。

八十多年过去了，当年作为埋葬烈士标记的小松树苗已长成参天大树，它仰望苍穹，朝着天空，朝着太阳，就像胡志满当年参加革命时一样，向着光明，意志坚定。

烈士牺牲时才三十六岁，他的生命是多么短暂，只是历史长河中的一瞬，但这里的人们铭记他，年年祭奠他，他似乎又是永恒的。石碑上，一颗鲜红的五角星凝望着人世间的沧海桑田。

我对护佑着胡志满烈士的那棵松树深深鞠了一躬，一转身，一个纪念碑与我们相逢。纪念碑面对着广场，南来北往的人们来此参观、旅游，还有附近的老师带着学生前来祭奠，表达哀思之情。

碑文的内容是这样的："1932—1936年，以胡志满同志为代表的'皖西北游击队'和'西汤池游击队'活跃在大别山境内，展开了艰苦卓绝的斗争，先后有22名烈士在此牺牲。"纪念碑下方镌刻着每一个烈士的名字：胡志满、孔庆常、赵士海、汪大架子、孔庆香、孔庆堂、孔庆本、江世贵、葛仕元、葛仕益、文循之、尹万和、尹万玉、尹万成、江世才、江世俊、钟吉祥、钟孝银、宋明昶、黄修明、徐明著、江海军。

我一遍遍地阅读碑文，以胡志满为代表的22位烈士，这些鲜活的生命，为了革命义无反顾，最终牺牲在这里，他们连一张照片、一句遗言都没留下。年轻的生命有如这鲜嫩的花儿，就这样被折断了，他们再也没能回到生他们、养他们的家乡，再也不能孝敬年长的父母，抚育年幼的孩子。他们的鲜血染红了村庄，从此，千千万万的人们循着他们的足迹投身革命的怀抱。

但是，我知道，从这22位烈士中无论挑出哪一个，其背后都有着精彩的人生，都有着一段豪迈的历史。

二

20世纪30年代初，中华大地风雨飘摇，共产党领导的革命活动风起云涌，大别山成为革命的策源地之一。

舒城县位于大别山的余脉，革命火种在此酝酿。1931年7月，党中央巡视员刘敏到舒城巡视工作，成立了中共舒城特别支部，1932年7月，特支扩建为中共舒城特别区委。在书记宋于斯的领导下，特区积极组织党员和农会，开展土地革命、学生运动和工人运动，发动了冇牛岗、张母桥等地的农民起义，有力配合了红四方面军发起的苏家埠战役。

在土地革命和舒城县特别支部的影响下，舒城县革命活动如火如荼。

胡志满是舒城县干汊河镇人，他家是中农，有一定规模的田产，他小时候读过私塾，后来又到城里喝了一点洋墨水。由于受到革命思想影响，他假期回乡后，鼓动父母把家里的田地卖掉或分给贫农、雇农，说以后天下是劳动者的天下，要家里人积极支持革命事业。

父母当然不会听从他的意见，怕胡志满在外学"坏"，于是断了他的学习费用，要他回乡经营家产，并给他娶了一个媳妇。二十岁不到的胡志满只好回乡，他向三哥学起了理发手艺，他认为如此既能方便开展革命活动，又能接触更多的人，宣传革命，传递情报，力所能及地为革命做点事情。

革命刚在舒城开展的时候，胡志满就联系上了舒城特别支部。

在支部的领导下，胡志满利用理发作掩护，为革命传递情报。他经常活跃于南港、汤池、春秋、河棚、干镇之间，点燃了革命的火种，成为春秋山、枫香树一带革命的宣传者和组织者之一。1930年春，胡志满光荣地加入了中国共产党。入党后，他组织群众抗捐抗税，建立了红军赤卫队，并担任队长。

1931年，舒城县遭遇了严重的旱灾。孔庆堂悄悄找到了胡志满，

致敬胡志满　99

说:"今年这个大灾年,地主不仅不放粮赈济灾民,还加重盘剥百姓,农民兄弟真没有活路了。他们都找上门来了,问我们什么时候暴动。大哥,要不我们就干一场?"

"好!我早就准备干一场,把我们的队伍拉起来,造出我们的声势,给农民兄弟出口气。"胡志满坚定地望着室外的青山,决心无比坚定。

7月29日的夜晚,大家分别聚集到了寨冲村的阴家洼,这里有个联络点,胡志满、孔庆堂、孔庆本等起义领导正在紧张地筹划着。

风呼呼地吹着,暴动开始了,起义人员拿起梭镖、长矛,甚至锄头、菜刀,向着大财主刘进堂家的大院冲去。

这是一次突然袭击,刘财主的家丁还没反应过来,起义人员就已翻入他家的院子。早已等候多时的长工则打开了大门,里应外合,把反抗的家丁当场打死,把吓得战战兢兢,躲到侧室的大财主刘进堂当场活捉。

四面八方的群众闻讯纷纷赶来,他们打开刘进堂家的粮库,胡志满指挥大家有序地分粮以及其他肉、菜等食品,而禁止群众破坏刘进堂家的住宅,并保护他们一家老小的安全。

暴动取得了成功,群众公审了财主刘进堂。起义极大地鼓舞了老百姓,"这暴动好得很,以后还要多来几次这样的暴动。"老百姓摩拳擦掌。

大家团结在胡志满的周围,他迅速扩大了队伍,成立"西汤池游击队",宣传革命、开展斗争、分田分地,为老百姓争取利益,胡志满被推举为游击队司令。

暴动惊动了反动武装,春节过后,他们开展数次"围剿",胡志满带领革命武装予以有力的反击,进一步扩大了革命的势力范围,游击队的影响越来越大。

三

虽然取得了初步的胜利，但随着反动派"围剿"的力度越来越大，胡志满和游击队的处境越来越艰难，胡志满不得不把队伍拉到了山上。

大家在山洞里宿营，缺衣少食，啃着草根，缺乏枪支弹药，队伍里笼罩着悲观情绪，有的人甚至悄悄离开了队伍。

"同志们，我们干革命是为了大家的解放，也是为了自己的利益。我们要把脑袋系在裤腰带上，随时准备牺牲。我们连死都不在乎，还在乎现在的苦吗？"在山上的营地里，胡志满召开了游击队全体会议，满怀激情地动员大家，"但话又说回来，革命是自愿的，如果真觉得苦，受不了，随时可以回去，我们不强求，但回去后，如果有谁泄露我们的秘密，我们就要将其视为敌人，进行处理。"

大多数人留下了。

胡志满对队伍进行了整顿，明确了革命纪律，增强了革命信念。

游击队的壮大引起国民党的恐惧，国民党舒城县政府多次派兵上山"进剿"。但革命的火焰不但没有被扑灭，反而越烧越旺。三年多的时间里，革命已发展到汤池、河棚、庐镇、南港、舒茶、张母桥等地，队伍有一万多人。

1934年，红军第五次反"围剿"失利，敌人也开始对胡志满进行疯狂的"围剿"。胡志满带领队伍活动于桐城、庐江、合肥、霍山、潜山等地。1934年5月起，胡志满先后配合合肥游击队攻取伪汤池区公署；配合皖西北游击大队在春秋山附近的三尖寨冲出重围；掩护孙仲德、曹云露部队顺利进行短期休整。

"一定要抓住胡志满！"敌人气急败坏。一天夜里，他们摸黑来到了胡志满的家，但又扑了个空，于是将他家的三间茅草屋烧掉。可怜胡志满的母亲和妻子、女儿、侄儿被迫逃往深山，在山洞里生活。

1935年上半年，为了配合红二十八师在大别山根据地的及皖西北游击师的反"围剿"行动，胡志满带领游击队在舒城西南山区开展扒粮斗争。

"你们是怎么来的？"冰天雪地里，胡志满正在一处营地里啃着什么黑乎乎的东西。他盘腿坐在洞里的草上，头发很长，两眼深陷，颧骨高耸，活像一个野人。看着步履蹒跚突然到来的妻子周正英，他有些吃惊。

周正英把一个装满衣裳和食物的竹篮递给胡志满，泣不成声地说："我对不起你，女儿丢了。"

原来，周正英了解到胡志满和同志们宿营在山上，于是千方百计为他准备了御寒的冬衣。为了把冬衣安全送到山上，周正英带上二女儿作掩护，装作走亲戚的样子，但不承想，被敌人发现了，一发子弹打来，小女孩吓得滑落水里，淹死了。

胡志满抹了抹脸上的泪，他没有责怪妻子。这几年来，牺牲的同志和乡亲太多了，他已来不及悲伤，只想杀尽这些反动派，解放全天下的劳苦大众。

四

1935年年底，革命形势越来越危急，胡志满秘密活动于各地，他组织群众、发动群众宣传革命。

要过年了，家家户户燃起了鞭炮，喜庆的对联也贴上了，年夜饭的香味弥漫全村。虽然白色恐怖令人心有余悸，但人们还是乞求过年能带来下一年的好运。周正英挺着大肚子，行动有些不便，在大女儿的帮助下，在临时搭建的茅草屋里也在为过年忙碌着。她不期望丈夫胡志满能回来团圆，因为她知道，现在是非常时期，前几天，敌人已来打探好几次了。

雪纷纷扬扬地飘着，除夕的夜晚来得特别早，吃过年夜饭后，周正英和女儿准备早早入睡，因为这几天妊娠反应很是厉害。自从二女儿遇害后，周正英一直特别思念她，她决定尽快再生一个孩子以抚平心灵的伤痕。

门"咚咚"地响起来，周正英的心猛地一惊，这么晚会有什么人过来？会不会是敌人又来搜捕胡志满？

"怎么现在回来了？"周正英从门缝里瞄见是胡志满，赶紧开了门。

胡志满拍了拍身上的雪。

"女儿呢？"胡志满问。

"睡了。"妻子指了指躺在被窝里的女儿。

胡志满笑了一下，亲了一下女儿，又紧紧搂住了妻子。

"大过年的，我们肯定要回来团聚的。"他附在她耳边说起了悄悄话。

原来这次胡志满受党组织的委派，带领二十多名游击队队员一道回来，一是让各位游击队队员与家人团聚，对即将到来的艰难革命形势和家人打个招呼；另外一项重要使命就是开展革命，因为红二十八军正在大别山与敌人展开搏杀，要广大游击区的党组织全力配合。

这是一家人难得的团聚时刻。

"肚子这么大了，是个小子吧？"摸着妻子隆起的肚子，胡志满两眼放出光芒，一路困顿烟消云散。

"是女儿，我就要女儿。"妻子撒着娇。

"是的，是的，女儿更好。"胡志满满脸笑容地应和。

"以后还会走吗？"

"我是游击队司令，我当然要带领大家一起干。"

"你总是很积极的。"妻子有些嗔怪道。

"刀架在脖子上，不干不行了，他们随时都会回来反攻倒算的。"丈夫与妻子分析着形势。

"你走我不拦你，可家里怎么办？孩子怎么办？"

"家里，你就多累点，我们庄上参加革命的青年有二十多人，你们女人在家也要互帮互助，成立互助组织，相互有个照应，也学学杀敌本领。"

妻子的鼻子有些酸，她看着自己的大肚子，想哭但忍住了，只说："你明白我的难处就行了。"

胡志满想安慰她，但想到这次回来的任务相当重，只说了几句："我知道你的难处，你先克服下，等革命成功，我再好好谢谢你。"

说着，第一声鸡鸣已在山谷间回荡，千家万户的鸡也纷纷鸣叫。胡志满赶紧起床，他要冒着风雪出发了。

"你对我和孩子有什么要嘱咐的？"

胡志满轻轻在女儿的额上吻了一下，女儿醒了，看着眼前的爸爸，似乎有点陌生，她怯怯地躲进妈妈的怀里。

"这是你爸爸，给爸爸亲一口。"妈妈抱出了女儿。

胡志满搂了搂女儿，赶紧对妻子说："没什么要说的了，我走了，你们妇女同志要组织生产、学习文化、不断进步。"

说着，胡志满就消失在大年初一的茫茫大雪中。

五

1936年正月初三，胡志满和本庄的游击队战士孔庆常等九人住宿于叶家大洼叶某财的茅屋内。这次他们有特殊的任务，准备镇压破坏革命的许某发、陈某仁、汪某志后，再到庐江和新四军会合。

而近在咫尺的妻女，胡志满没来得及前去看望。

这里有个叫叶某财的人，在当地的枫香树当乡丁，这大过年的，他要回家取一些生活物品。

冰天雪地里，叶某财佝偻着腰向着走着。

"张大奶奶，新年好！"这人嘴还挺甜的。

"你回家吗？"张大奶奶一脸惊恐。

"是的。"

张大奶奶一把把他拉到一边，偷偷地说："胡志满等游击队队员就在村里住宿，你暂时不能回去。"末了，她还不忘叮咛一句："不能告诉其他人呀。"

叶某财飞快地跑走了，张大奶奶抬头看时，影子都不见了。

顷刻工夫，曹家河国民党十一路军和西徽的国民党二十路军四百多人就合围过来了。

大门已被堵上，枪声、敌人的"缴枪不杀"声一阵高似一阵。

硬冲出去已绝无可能，胡志满和游击队队员合力推倒屋后的一扇土墙。

敌人冲上来了，胡志满组织游击队队员撤离。

他和孔庆堂、赵四海、汪大架子等游击队队员占领后山的制高点，向着冲上来的敌人精准射击。敌人倒下了一个、两个、三个、四个。趁此机会，胡志满和战友们赶紧撤退。

敌人又疯狂地追上来了，胡志满留下断后。

突然，一阵钻心的疼痛直袭胡志满，他摸了摸腰部，鲜血淋漓，他受伤了。又一颗子弹袭来，正中他的腿部。他明白敌众我寡，不能恋战。

他强忍疼痛，在大雪纷飞的雪地里，他脱下草鞋倒着穿上，艰难地一瘸一拐地向方山寨东门岗方向撤去。

但血迹流在雪地上，分外的红，反动派沿着血迹紧紧追击。

敌人咬得紧，自己又受伤，很难甩掉敌人。前面有一块巨大的岩石，胡志满架起枪，以岩石作掩护，与敌人做殊死的较量。

一颗罪恶的子弹正中胡志满，在他趔趄着要倒下的时刻，又一颗子弹打中了他。战友许由霞要背他前行，胡志满一把推开了他，并把陪伴自己的枪支交给了他，用尽最后一丝力气说："赶紧撤，这枪留给你，不要管……我……了。"说完，胡志满英勇牺牲了。

后记

胡志满牺牲后不久，为防止敌人斩草除根，其妻子周正英带着他们唯一的女儿躲到大山深处。在一个早上，她躲在岩石里，随着"哇"的一声响，一个小生命诞生了，是胡志满期待已久的小子。周正英脸色雪白，她用仅有的一件棉衣紧紧裹住了儿子，虚弱地对儿子说："儿子，长大后为爸爸报仇。"

为了报仇雪恨，周正英组织妇女武装开展武装斗争，越来越多的妇女聚集在她的周围，周正英成为远近闻名的"双枪老太婆"。

今日的寨冲村，历史的硝烟早已散去，当年的弹洞早已模糊，但八十多年前的那棵松树越发郁郁葱葱，南来北往的人们来此凭吊、祭奠，听烈士的故事。这是一棵信念之树、信仰之树，它从历史中走来，更走向未来。

要让春风贯人间

一

1929年的舒城县春秋山区，山高林密，秋风飒飒，黄叶铺满了山岗，但仍有几片树叶在枝头漫舞，抖擞着精神，与寒风做最后的搏斗。

在一农户家里，几个年轻人正交谈着什么，忽而慷慨激昂，忽而窃窃私语，他们似乎在商量着什么大事。里间的房屋中不时传来一位老人的咳嗽声，其中一位年轻人赶紧停止了交谈，过去抚拍着老人的背。老人由于咳嗽，讲话断断续续，他说："儿子，你们讲的话我都听到了，你们不要干那杀头的事，我们是本分人家，养家糊口，做本分事，这世世代代都过来了，你们还想干什么大事？你们千万不能干，祸及全家，殃及全村。"

"爸爸，这天下要变了，地主要被打倒，贫苦农民要翻身了。"年轻人悄悄对老人说。

"这杀头的话，不要讲了。"老人忽然严厉起来，涨红了脸。他盯着儿子说："这漆匠手艺是祖上传下来的，你要好好传下去，一为养家糊口，虽不能大富大贵，但在乱世中，也能保全家不饿死；二为保住列祖列宗的产业，我们要一代一代传下去，把这份手艺发扬光大。"

说着，他又剧烈咳嗽起来，年轻人赶忙端水拿药，老人才稍微缓解点。

这个年轻人就是强成柱。

二十岁的强成柱，是最令他父亲骄傲也是最令家族头疼的一个后生。

虽说强成柱父亲有祖上传下来的漆匠手艺，但也仅能糊口而已，生活相当艰难。强成柱从小跟随父亲做漆匠活，边干边学，走南闯北，聪明伶俐，不仅手艺学得快、学得精，人也格外讨人喜欢。他似乎天生就有一副慈悲的心肠，看到乞讨的穷人，他总要施舍三五个铜板；看到因饥饿倒在路边的人，他必定去附近买一碗粥，一口一口地喂，直到那人苏醒。

"不能老是这样施舍，我们没这个能力呀。"看到儿子那么"穷大方"，父亲总免不了提醒，"我们家也是经常吃了上顿没下顿"。

"我们是挨饿，他们是等死，我能忍心不救吗？"强成柱总与父亲据理力争。

"你这样做好人，就怕我们的家业被你耗尽了。"父亲不无担心。

后来，由于父亲身体不是很好，漆匠的担子就慢慢压到了强成柱的肩上，他开始独自一人在山沟沟里闯荡。

没有了父亲的"监督"，强成柱帮扶的力度更大了。

"这工钱就不要了，赶紧准备娶媳妇的礼金吧。"年关到了，强成柱要免掉这家人的工钱。因为开年要娶亲，所以他请强成柱把他家的门窗简单刷一下油漆。

这家人实在太穷了，男人租住了地主家的田地种粮，但近年来，地主的租金年年上涨，有时一年收成还不够交租的。

就在强成柱准备离开时，地主家的家丁就到了。

"你今年还欠五石粮的租金,年关到了,快交上来!"来人气势汹汹。

"真的没有,行行好吧,大家都知道的,今年受灾,歉收了,开年接媳妇的钱都没有着落。"主人苦苦哀求。

"哈哈!没粮也行,我们大东家也不在乎这个,但既然你家要娶亲,到时就把新媳妇让一晚给我们大东家,这样我们就扯平了。"家丁发出狰狞的笑。

雪,厚厚的雪,把一切肮脏都压得严严实实,强成柱踩在雪地上,想到刚才的情景,"咯吱咯吱"的声响让他心绪难平。

"受压迫的人们要站起来,推翻这吃人的社会!"强成柱早就知道共产党的情况,听说共产党是专门为穷人闹革命的。起先强成柱没有在意,但一幕幕残酷的现实画面让他产生了对共产党的无限向往。

二

"再不干,贫苦农民就没有活路了。"强成柱与几个志同道合的年轻人商量着起义的办法。

一般是年底逼粮逼租,但今年春节一过,乡公所就再次上门催款催粮。年关刚过,春荒又来。农民几次找到强成柱:"再不暴动,我们就没有活路了。"

强成柱不是不想暴动,而是想找到党组织,这样更有成功的把握。自从去年看到那个接媳妇的人家所受的压迫后,强成柱就更坚定了找到共产党、跟着共产党的信念,他认为只有共产党才能救老百姓于水深火热之中,才能让贫困乡亲有一条活路。他开始处处留心,寻找共产党。

"那个掏乌龟的老朱听说是共产党，可以联系他。"有人提醒强成柱。

"这我了解，他叫朱纯厚，近年来，经常向老百姓宣传一些革命道理，刷写标语，乡保长早就盯上他了。"强成柱斩钉截铁地说："我们尽快联系他。"

朱纯厚是本地人，在革命思想的熏陶下，很早就加入了共产党，后在党的委派下，回到了家乡，正秘密筹建党组织。

他们彻夜长谈，相见恨晚。

"我们成立一支队伍，打倒这狗日的吃人政府。"强成柱向朱纯厚建议道。

"好！我们应该有自己的队伍，打土豪、分田地，保卫胜利果实。"

皖西游击队诞生了，强成柱任游击队司令。

不用号召，广大贫苦农民纷纷带着锄头、铁锹、梭镖，甚至菜刀，要求加入游击队。

这是一支令地主老财和乡保长闻之色变的队伍，他们抗捐抗税、扒粮济贫，队伍迅速壮大。

1934年10月中旬，红军开始长征，千里之外的舒城反动派武装似乎也意识到了这是"剿杀"红军的好机会。反动派武装多次进山"围剿"，为了把游击队困死，他们把周围群众全部迁走，把房屋全部烧掉，把大山团团围住。敌人狂妄地叫嚣："你们就是插翅也飞不出去，把你们困死、饿死。"

山里没有一点粮食，强成柱几次派人出山接洽，都没有音信，情况很是糟糕。

敌人围得像铁桶一般，水泄不通。这天傍晚，大家躲在一个山洞里，商讨突围办法。正在这时，漫山的大火蔓延开了，狐狸、兔子甚至还有豺狼都向四面八方逃去。这时刮起了大风，山上的干柴烧得噼啪作响，大火如火龙一样向山顶席卷过来。敌人也跟着大火摸索而来，枪声由远及近，强成柱和游击队的处境更危险了。

"听我命令，躲到地道里。"强成柱低声命令道。大家一个接一个传达着司令员的命令。

游击队队员们一个一个顺着洞口跳进了地道里，再用青草和浮土盖好洞口。

进入地道后真是豁然开朗，这里有米饭、有咸菜，还有锅灶，虽然空间不大，但队员们得到了很好的补给。原来，就在敌人围山时，强成柱就组织游击队队员挖了这个地道，并从村里提前运来了粮食和饭菜，确保在万分紧急情况下保证安全和生活供应。

夜深了，外面一团漆黑，找不到一个游击队队员的敌人垂头丧气地挨了长官一顿训斥。

"突围！向西南方！"强成柱运筹帷幄，他根据得来的情报和自己的判断，判定这里的防卫是最薄弱的。

大伙猫着腰、弓着身、端着枪一个一个向外冲去。一阵短暂而激烈的枪战后，游击队顺利冲出了敌人的包围圈。

当晚，游击战士冲进庄园，当场杀死八名土豪。

三

1938年春，早已成为新四军支队司令员的强成柱被派到新四军二师抗大分校学习。抗大抗大，越抗越大。这是他难得的学习机会，也是他静下心来思考的时候。

这个文化水平不高的新四军干部，认真学习毛泽东军事思想和建党理论，他每天认真听讲，了解到了过去闻所未闻的东西，比如党的最初成立状况，后来的工人运动，武装斗争，他如同一块海绵一样，尽情地吮吸着水。

政治上的宣传一定要与武装斗争相配合。强成柱毕竟在抗大学习过，对理论联系实际有了全新的认识。他一方面积极组织群众争取减租减息，一方面积极加强武装力量，给顽固派以震慑。

1938年年底，他率领游击队侦察班打下国民党春秋乡公所，缴获步枪十余支，子弹数百发。从此，游击队在春秋山、曹家河、枫香树、汤池、山七一带进行游击，并积极宣传共产党制定的抗日民族统一战线的方针政策，揭露国民党政府的腐败无能，共产党和游击队的影响力不断扩大。

游击队不断发展壮大，让国民党顽固派很是紧张。这时还是抗日民族统一战线时期，他们不敢明目张胆地组织大规模部队前来"围剿"，但派了能战斗的桂系部队的一个营开到东、西港冲，妄图消灭游击队。

这支桂系部队很有来历，曾多次参加过对日作战，取得了不小的战绩，被国民党誉为能战善战部队。

"我们要做好政治上和军事上斗争的两方面准备。这支部队在抗日战场上立下了战功，说明他们是有民族心、爱国情的，我们要做好对他们的统一战线工作，自家人不打自家人；另一方面，我们也不能麻痹大意，做好斗争的武装准备，如果真搞摩擦，我们就把他们打疼。"果然是从抗大毕业的，强成柱的讲话水平就是不一样。

敌人远远地来了，山高林密，哪里有游击队的影子？但见处处都是抗日的标语："抗日救亡、匹夫有责！""国共联合抗日，一家人不打一家人！""驱逐日本帝国主义出中国！"……

老百姓坚壁清野，这些广西兵有如进入原始丛林里，留给敌人的只是山涛阵阵、流水潺潺，他们根本就找不着北。

但既然是来"围剿"，他们也不是吃素的。强成柱和游击队跑向哪，敌人就追向哪。毕竟，他们的武器弹药和后勤保障比游击队强得多。

"兵来将挡，水来土掩，既然要打，我们就奉陪到底。"强成柱和游击队队员们下定决心，不能一味地跑，要寻找战机狠狠地痛击敌人一下。

游击队活跃在舒城、桐城边境，以及晓天、张田一带。他们经常派出小股部队，给敌人以出其不意的打击。

侦察得知，第二天早上，国民党一个营的兵力将要行进到晓天查湾，这是装备最为精良的一个营，配备了捷克式机枪。这是一支"硬核"部队，能不能吃下，大家心里拿不准。

"孤军深入，天赐良机。集中我们所有的力量，所有的武器，在敌人必经的峡谷两边的山头埋伏，打他个措手不及。敌人太骄横了，得给他点颜色瞧瞧。"王谋成当机立断。

强成柱当即命令部队深夜潜入埋伏点，第二天约莫七点钟，太阳顺着罅隙映照在草叶上，露出晶莹的光芒。雾散了，山中百物苏醒，小鸟开始鸣唱，兔儿、虫儿睁开惺忪的睡眼。一切都是那么欣欣向荣，预示着美好一天的开始，但谁也没有想到，一场残酷的厮杀即将展开。

敌人大摇大摆地过来了，强成柱潜伏在制高点，当敌人进入埋伏圈时，强成柱发出了进攻的命令，顷刻间，信号弹升起，冲锋号响彻云霄，战士们向敌人发起猛烈射击。刚才还是寂静的山谷顿时震天动地，兔儿、狐儿、鸟儿惊慌失措，敌人抱头鼠窜。枪声响后，勇猛的游击队战士向敌人阵地猛烈地投掷石块。敌人顿时人仰马翻，游击队队员又如猛虎下山般，与敌人展开了刺刀拼杀。这时，仅剩的敌人晕头转向，被我军俘获。

这是游击队在皖西大别山以少胜多打得最漂亮的一场战役,狠狠打击了国民党反动派的嚣张气焰。

四

屡遭痛击的国民党顽固派加大了"围剿"的力度,连续调来了大部队。

面对占优势的敌人的"围剿",强成柱发挥游击战的专长,避实就虚,连续与敌人与周旋,有时化整为零,躲进老百姓的家里,在那里得到给养;有时化零为整,集中优势兵力,给敌人狠狠一击。敌人慢慢发现了游击队生存的"诀窍",原来游击队就像鱼,老百姓就像水,鱼在水中游,怎么能逮到鱼呢?于是,敌人改变了战法,开始残杀百姓,有时以莫须有的罪名把百姓抓起来,严刑拷打,逼问游击队队员的下落。

强成柱决定采取"围魏救赵"的办法,袭击敌人的老巢。一天夜里,经过侦探,他们得知国民党的晓天乡公所今晚是"空城",因为乡公所所长给老娘祝寿去了。二十多名游击队队员悄悄地摸到了乡公所大院,强成柱悄然上前,一手拽住正在打瞌睡的站岗士兵的衣领,轻喝一声:不许出声!游击队队员迅速跟上,如入无人之境,缴获了二十多支枪和数百发子弹。临走时,放火烧了乡公所。

这令敌人恼羞成怒,他们纠集了更多的力量,向游击队发起了更疯狂的进攻。

"不能连累老百姓!"强成柱果断命令部队撤出老百姓的家,向深山老林行进。

风越刮越猛,雪越下越大。战士们穿着单衣,踏着齐膝深的积雪,一步一步向深山走去。没有粮食，没有防寒的衣服，瑟瑟发抖，大家互相搀扶着，因为一旦倒下，就可能再也起不来了。

山里除了狂风、大雪和偶尔奔跑而过的动物外，什么都没有。野菜成了大家赖以生存的食物。

敌人不断地前来骚扰，强成柱和游击队队员们不断更换宿营地。游击队队员有的就此倒下了，有的受不了这样的艰苦生活，甚至倒向了敌人，又带着敌人前来搜捕游击队队员，更增加了挑战和危险。

1939年，强成柱患上了恶性疟疾，人一天比一天消瘦，高烧不退，祸不单行的是，在一次行动中，他的脚也受伤了。不得已，在游击队队员的护送下，他来到老百姓家休养。

"就在这里，抓住他！"一天清晨，强成柱明显听到了嘈杂的声音，狗也狂吠起来。凭着多年战斗的敏感，强成柱预感到什么，他拖着病体，向后山隐蔽。他向前来搜索的叛徒连开两枪，但终因寡不敌众，不幸被捕。

这是一间关着五个人的囚牢，他们有的就是游击队队员，有的是本地朴实的农民，但因受不了地主的盘剥，与上门收租的地主家的家丁发生冲突而被关在这里。他们早就听说强成柱的英名，对其特别仰慕。强成柱因势利导向他们讲革命道理，提高他们的觉悟，并教他们唱革命歌曲。

"起来，饥寒交迫的奴隶！
起来，全世界受苦的人！
满腔的热血已经沸腾，
要为真理而斗争！"

大家悄悄传唱着，鼓舞着革命的斗志。

敌人威逼利诱，想从强成柱那里得到游击队和共产党的情报，但收获的是强成柱的铮铮铁骨。

皮开肉绽的强成柱被关到囚牢里，他努力睁开眼睛，使尽力气，一字一顿地对大家说："我们都是为反抗日本帝国主义的侵略和反动派的剥削而走到一起的，我们都是革命者，希望大家能活着出去，更好地组织革命活动。即使不能活着出去，也要死得有气节，不向反动派卑躬屈膝。"

1940年12月20日，强成柱被提出囚牢。敌人严阵以待，强成柱预感到要发生什么了。他整了整衣服，与狱友做最后的告别，然后，呼喊着口号："中国共产党万岁！打倒日本帝国主义！"从容走向县城西门外的刑场。

春秋山边那轮月

一

春秋山下的仓房村，是大别山余脉下的一个小山村，在夜色笼罩下出奇地安静，夜行的人们甚至能听到树叶掉落地面的声响。

村里的祠堂里正在召开一个紧急会议，灯光摇曳，大家尽量压低声音，但每个人的脸上都洋溢着兴奋。抗日战争进入第二个年头，虽然中国军队一再失利，但共产党持久抗战的思想日益深入人心，"中国必胜，日本必败"越来越成为大家的共识。民兵营营长潘友松向大家报告上级传达的革命形势，大家摩拳擦掌，准备在抗战进入关键时期时大干一番。

会议结束已是凌晨两点了，潘友松急匆匆地往回赶，黄小娟跟在后面。这时，乌云散开了，一轮皎洁的明月突然出现在潘友松的头顶上，把银辉洒在地面上。他抬头向天上望了望，那轮高高悬挂在天上的明月，就像刚从水里捞出来的一样，鲜亮亮的，似乎在注视着自己，他走到哪明月就跟到哪。向前看去，水塘里也浸着一轮明月，水灵灵的。他停住了脚步，目光投向了正疾步赶来的黄小娟。

"这月色美吗？"潘友松的声音很轻，生怕惊动了什么似的。

"是的，好美。"黄小娟很疑惑地望着潘友松，不知道他今晚为什么这么文绉绉的。

"这天上的月光好明亮，水里的月光好水灵，我还真想学着小猴子那样把月亮捞上来送给你。"潘友松深情地望着黄小娟说。

黄小娟羞赧地低下了头，没想到一向严肃的营长还有浪漫的一面。

"真有你这民兵营营长的，还像孩子似的。走，我们一起下去捞。"黄小娟也和他说笑了起来。

月光下，他们肩并肩，一路走一路笑。潘友松捡起一块石子，向水塘里抛去，石子顺着水面如鲫鱼一样飞向彼岸，而月光也顿时碎了。

碎了满塘的月光，不一会儿又恢复了原样。潘友松侧过头来，轻轻地去牵黄小娟的手，双手紧握，四目相视。潘友松，这位粗犷的汉子，今晚也如这柔情似水的月光，终于大胆表白："我爱你！我要娶你！"

黄小娟低下了头，但不一会儿又笑了，她一拳打在潘友松的胸前："这是你一厢情愿，我会答应吗？我爸妈会答应吗？"

"你会不答应吗？"潘友松像一下掉进了冰窖里，心马上变得冰冷，一点自信都没有了。

"不好意思，我错了。"潘友松像小学生向老师认错一样，向黄小娟道歉。

"傻瓜，我听你的。"黄小娟咯咯笑了起来。

"真的？"潘友松不敢相信自己的耳朵。

"你不信就算了。"黄小娟撒起娇来。

"那太好了！我爸妈早就催我了，他们要向你们家提亲，我一直拦着不给去，我说，革命任务紧，不是谈婚论嫁的时候。现在好了，革命形势一片大好，你也答应了，那我们就春节期间结婚。"潘友松手舞足蹈起来。

"我答应不算数，你还要问问我爸爸妈妈。"黄小娟又卖起了关子。

"明天我就到你家提亲。"潘友松有点急不可待。

"不急，不急，春节还早呢。"说着，黄小娟就向前跑开了，潘友松紧紧跟着，一路月光一路欢声笑语。

多年以后，黄小娟每每想到这天晚上，就非常后悔，为什么当初要拒绝他呢？为什么没给心爱的人一个机会呢？她也实在没有想到，这一次拒绝，以后再也没有机会了。

这一晚，发生了令他们意想不到的大事。

他们刚刚进入村里，就感觉到异样的气氛，一队队人马正向村里开来。潘友松仔细辨认，他们身穿新四军军装，纪律严明，宿营在老百姓的屋外，不打扰群众。

"这是人民的抗日武装吗？"潘友松心里不禁犯起了嘀咕。为什么这么大的动静？作为民兵营营长的他，一点没有接到上面的通知。

他试着与这支部队沟通，他们自称是新四军九团四十营，正在执行一项紧急任务，夜晚路过此村庄，请求当地党组织和民兵武装给予配合。

多年的斗争经验让潘友松提高了警惕，在土地革命战争时期，曾有国民党部队冒充共产党部队进入村庄，他们与共产党部队一样有着严明的纪律，对百姓秋毫无犯，并帮助老百姓劈柴、挑水、割稻。当大家信以为真时，他们就趁机破坏，与外面的反动武装里应外合，使我们的党和武装力量损失惨重。

情况越想越严重，潘友松马上向村外跑去，试图与上级党组织取得联系。果然，这是一支日本人带领的伪军武装部队。

战斗在黎明前发生，潘友松把周围的民兵武装全部组织起来，占据有利地形，双方爆发了激烈的枪战。我方民兵武装虽然人少枪少，但英勇善战，几次打退敌人的进攻。同时，为了减少对村民的伤害，有意让出一条通道让敌人逃离。但此时的伪军已丧心病狂，在村里大肆破坏，见人就杀，见房屋就烧。顿时，村里哭声震天动地，浓烟滚滚，全村顿成人间地狱。

伪军仗着人多枪多，烧杀抢掠后又大多逃离了，潘友松和黄小娟带领民兵来村里清理战场，面对着那一片被烧光的房子，面对着横七竖八躺在一片血泊里的亲人，精神一下子就崩溃了。

村里死了三十多人，有成年人，也有儿童，潘友松和黄小娟的父母都遇难了。潘友松瘫坐在那里，他的目光里满是悲伤。黄小娟更是手脚冰凉，当看到父母满身是血倒在自家的屋前时，她一下子号啕起来，撕心裂肺，后来哭不出声来，昏厥在地。潘友松抱着她，整个身子也跟着颤抖起来。

"一定要为乡亲们报仇，为父母报仇！"潘友松的牙齿咬得咯咯响。潘友松和黄小娟坐在父母的墓前，三天三夜没有离开。

"跟着共产党，打倒日本帝国主义！"潘友松和黄小娟下定决心，要跟着大部队干革命，要为被杀害的父母和乡亲报仇。潘友松这样说时，牙齿都要咬碎了。

潘友松要跟着大部队出发，黄小娟也要去。部队的首长劝她不要去，村里也要留下骨干分子，要发动群众、建立武装、保卫革命胜利果实。

二

潘友松成了一名新四军战士，穿上了新四军的军装，他革命的干劲更大了。他端起了枪，刻苦地练习枪法。他经常把十几斤沙袋绑在胳膊上，以锻炼臂力，增强拿枪的平稳性，常常一练就是几个小时。为了提高瞄准的精准度，他苦练射击，但新四军的子弹是金贵的，平时不可能实弹练习，他就在月光下，用石子练，往山上甩石头，往空中甩，往水里甩，提高精准度，锻炼臂力。颇有艺术细胞的潘友松还把自己的练习心得编成歌谣：

敌人上山打他的头，
敌人下山打他的脚，
敌人逃走打他的腰，
三点一线用心瞄，用心瞄，
打得敌人鬼哭又狼嚎……

除了练习枪法，潘友松还自觉锻炼自己的攀爬能力。过去作为民兵营营长，他懂得攀爬对于一名战士是多么的重要，只有攀爬实力强，才能追得上敌人，才能在运动战中消灭敌人，也才能在劣势的情况下，躲过敌人的追击，保住自己的性命。潘友松自小在山区长大，这方面是他的强项，每次训练，他总是以顽强的毅力一马当先，如麋鹿般在山岭上跳跃。

1938年冬季，令潘友松没有想到的是，为了配合地方队伍建设，才随大部队出征作战半年多，他就被党组织派回了家乡，领导地方武装开展革命斗争。

又是一轮明月相照，潘友松恋恋不舍地离开了大部队，回到了梦里常回的家乡，更回到了日思夜想的黄小娟身边。

而此时的家乡，由于日本帝国主义的"清剿"和血腥屠杀，"见妇即淫、见人即杀、见物即抢、见房即烧"，党组织遭到了极大的破坏。

老百姓惶惶不可终日，他们朝也盼，暮也盼，盼望新四军尽快到来。

当潘友松带着部队回到家乡时，这个小山村沸腾了。

"大部队回来啦！潘友松回来啦！"人们奔走相告。

一个叔叔辈的老人紧紧拉着潘友松的手："侄儿，你们一离开，我们可遭殃了，日本兵和伪军到处烧杀，给共产党做事的，不死也脱层皮，现在你们不走了吧？"

"大爷，现在我们不走了，中国抗日战争一定会胜利的。我们现在回来，就是要把老百姓组织起来，组织我们的武装，建立我们的政权，让人人有田种、有饭吃、有衣穿，保卫我们的胜利果实。"潘友松向老人描述胜利的前景。

"那太好了！共产党就是我们穷人的党！"老人激动得老泪纵横。

"新四军来了，我们决不向日本投降。"男女老少欢呼雀跃。

黄小娟早就盼望着潘友松去看她，但早也盼，晚也盼，就是盼不到他的到来。她心里恨恨地想，"你不见我，我还不想见你了"。这样憋着两三天，她气坏了，她发誓，以后就是潘友松主动找她，她都不理他。

但今天开群众大会，她还是去了。黄小娟悄悄过来，她躲在会议室的拐角，不想让潘友松注意到她。但不知不觉，她被气宇轩昂的潘友松吸引了，她抬起了头，目不转睛地望着他。她不敢相信，才半年不见，潘友松更帅气了，更英气逼人了，看他在群众大会上铿锵发言，她感觉似懂非懂，这半年不见，怎么长了这么多学问？她咯咯地笑着。

"小娟，你怎么在这里？"会议结束，月亮冲破了乌云，潘友松刚下主席台，就发现了黄小娟。不知怎的，黄小娟竟呜呜地哭起来了。潘友松诧异了，他蹲下身子，爱怜地抚摸着她的脸颊，捋了捋她的头发。"不哭，不哭，要坚强，不要当落后分子。"潘友松安慰道。"谁是落后

春秋山边那轮月

分子？就你们勇敢，我们是吃干饭的。"黄小娟哭得更凶了。"好了，好了，我错了，站起来，我们去干革命。"潘友松只好鼓励她。这时，黄小娟才破涕为笑。

月光下，他们牵着手向家的方向走去，也许是革命任务太重了，没有了上次的月下的浪漫，潘友松只是偷偷瞟了心爱的人几眼，又把脸撇过去，便急速地向战士中走去。

"毛主席说，抗日要进入持久阶段，接下来的革命任务更紧迫、更繁重。"看着半年多没见而越发楚楚动人的黄小娟，潘友松介绍着中国革命的形势。

潘友松走后的这半年多，黄小娟也没闲着。她们成立了妇救会，把全村的妇女组织起来，平时搞互助生产，生产之余就学习射击、打靶，站岗放哨。闲暇时，月光下，黄小娟常坐在地上，托着腮望着远山，她好希望潘友松能突然出现。有时呢，就这么想着想着，潘友松果然出现了，他带着枪，后面跟着队伍，雄赳赳、气昂昂地过来了。月上柳梢，凉风袭来，蚊虫也扑到了她的身上，黄小娟才惊觉这原来是个梦，她觉得自己好懦弱，这么儿女情长。

潘友松和新四军的突然归来，让革命气氛又开始活跃起来，令反动派非常恐慌，伪军又重新集结起来。他们制订了"扫荡方案"，在各村之间、山寨之间，建起了联排的碉堡，碉堡的数量与密度前所未有，而且碉堡之间互相遥视，一有战事，遥相呼应，形成火力交叉。同时，伪军武装要求各地方政府协同清查户口，组织保甲，实行连坐制度，设立层层关卡，盘查可疑行人，宁可错杀一千，不可漏掉一人。

大战一触即发。

"我们能坚守住吗？""我们要不要撤出？与老百姓一起坚壁清野？""不要与日本人和伪军硬磕，打得赢就打，打不赢就跑。"

村中祠堂里的会议上，大家各抒己见。

潘友松沉默着，抽着烟，他的肩上担负着如山的责任，他比其他人更清楚当前的处境：

地方武装总计不足两百人，他们通常也只有游击战争的经验，而且一部分伤员还在老百姓家中养伤，更有甚者，周边各村经历了敌人反复"清剿"，人烟稀少，田园荒芜，有的甚至成了无人区。可以说，地方政权已被敌人冲击得七零八碎，像狼嘴前的一块肉，随时有被吞咽的危险。

潘友松大口吸着烟，不时地咳嗽，连续多日的劳累，使他的心脏有点承受不了，每咳嗽一下，他的心就疼痛一下，但他强忍着，因为大家的眼睛都盯着他，他不能倒下，他就是大家的希望。

"不要吵了，我们听潘友松营长怎么说。"不知是谁喊了一声，会场顿时安静了下来，目光聚向了潘友松。

潘友松站了起来，环视了一下四周，目光在每个人的脸上停留了片刻，这些都是与自己共患难的战友、乡亲、亲人。看着他们，潘友松心潮澎湃。

潘友松分析了当前的形势，然后话锋一转：

"是的，我们现在的处境是很危险，我们是地方武装，却要对付反动派的大部队，我们枪少、人少，又没有经过正规训练。但我们不怕，因为我们是正义的力量，我们现在处在黎明前的黑暗中，我们就将迎来胜利的曙光。"

他说："我们死都不怕，还怕当前那么一点困难吗？"

他接着说："有人可能说我在这里吹牛皮，那我就告诉你们，我说话是有底气的，在座的哪个不是有着丰富的战斗经验？哪个没有英勇无畏的斗争精神？哪个没有对反动派的深仇大恨？我们有这几百号人，几百支枪，我们能以一当十，以十当百，就是山上的千百只恶狼来了，我们也能把它们打倒、咬死、撕碎。"

他越说越有劲："还有我们的乡亲，更是我们坚强的靠山，他们护理我们的伤员，为我们提供食宿，掩护我们行动，他们是我们的父母，也是我们有难同当的兄弟姐妹。有了他们的支持，我们一定会无往而不胜。有斗争就会有牺牲，但为了我们的乡亲，为了穷苦百姓，我们就是付出再大的牺牲也是值得的。"

回答他的是雷鸣般的掌声。

会议决定：一、建立统一的地方武装，命名为"新四军皖西纵队"，暂由潘友松统一指挥，潘友松任司令员；二、组织群众，实行坚壁清野；三、积极与大部队联系，争取尽快得到他们的支持。

两百多人的地方武装，潘友松将其命名为"新四军皖西纵队"，自称司令员，这也是他的一大"发明"。战争年代，敌我力量悬殊，在长期的革命斗争中，为了迷惑敌人，潘友松与广大战友想出了很多办法。有时为了壮大声势，潘友松用了许多"虚虚实实"的番号，如当年的"游击队第八纵队"、"皖西游击大队"、"独立师第八旅"等，潘友松就自称司令或师长。其实，潘友松最多就带领那么几百人的武装，声东击西，与敌周旋。有时为了以假乱真，他们在绵延的大山里，大量刷写革命标语，落款为："皖西革命纵队"、"解放军第八混成旅"、"舒城革命战斗营"……敌人哪里知道这支地方武装到底有多少兵力，根本摸不清他们的实力。敌人被打得晕头转向，不明所以。

三

黄小娟也加入了潘友松领导的队伍，这是她死缠硬磨来的。潘友松一开始怎么也不同意她加入，认为她领导好村里的妇女团就行了，为战士提供后勤做军鞋，也是对革命的贡献。但黄小娟的意志很坚定，她也要像战士那样，勇猛地冲上去消灭敌人，她认为这才是一名真正的战士。

黄小娟成了一名游击队队员，她穿上了军装，端起了枪。有了枪，她神气多了。但一进部队，黄小娟还是被分到了妇女团。有作战任务时，她就随大部队一起行动；没有作战任务时，她就和妇女团的成员们做些缝补军鞋的活儿。

黄小娟本有一根又粗又长油亮亮的辫子，自小养到大，她像宝贝一样精心呵护着。谁见了都夸，夸她的头发乌黑发亮，夸她的辫子能横扫千军，简直就是仙女下凡，辫子几乎成了她的标志。但到部队的第一天，潘友松就命令她把辫子剪掉。

"为啥？辫子碍什么事？"

"影响行军打仗。"潘友松态度坚决。

黄小娟白了他一眼，撒娇道："就不剪，我哪一次影响行军打仗了？"

"这是纪律，每一个革命战士都要无条件服从革命纪律。"潘友松抬出了纪律大旗。

黄小娟明白纪律的含义，她没有再争辩。

剪了辫子的黄小娟，眼泪直在眼眶里打转，但最终还是没有流出来。

大家夸剪掉辫子的她变得清爽多了，精气神立马就上来了。

黄小娟对着镜子照了照，感觉都有点不认识自己了。她知道，她已不是原来的她了。

莽莽山林就是游击队的战场，他们忽东忽西、忽南忽北，有时化整为零，有时化零为整，把敌人肥的拖瘦，瘦的拖死，有力打击了敌人的嚣张气焰。

但随着冬季的到来，敌人的大部队陆续开拔过来，潘友松和游击队面临的形势也越发严峻起来。

日军和伪军开始搜山了，他们把老百姓集中到一起，断绝游击队的物资供应，后又进行食盐封锁。游击队开始遇到严重困难，到冬天来临的时候，没的吃，没的喝，没有冬衣，队伍已经有些支撑不住了。一些战士已饿得皮包骨头，甚至出现了浮肿。仗打到这个时候，很难再坚持下去了。

春节临近，敌人的"清剿"越来越频繁，游击队的处境越来越艰难。一场不期而遇的大雪纷纷扬扬，足足下了一整天。雪后的夜，出奇地冷，足有五百多人的反动派军队包围了潘友松他们的营地。潘友松组织突围，密集的枪声从敌人最薄弱的西南方响起。

"同志们，快突围出去！"潘友松命令道。

狭窄的山道里，同志们陆续撤离。最后只剩潘友松和黄小娟，两个人相扶着离开战场。

"我实在撑不住了，你要突围出去。"潘友松的脸色蜡黄得有点吓人。

说完话，潘友松靠在树根下，想要呕吐，但半天都吐不出来。他的胃里早空了，哪有东西往外吐？

他喘着气，断断续续地说："如果我死了……"

还没等他说完，黄小娟一把捂住了他的嘴。

"一个大男人，一名战士，不能这样丧气，大家都看着你，你一倒下，整个游击队就垮了。再说，等革命胜利，我还要嫁给你。"

潘友松的眼睛一下亮起来了，他怔怔地望着黄小娟，黄小娟认真地点了点头。

最严酷的冬天总会过去的,春天来临了,革命形势也进一步好转。但就在这时,意志薄弱者丧失了共产党人的气节。后果最为严重的,莫过于游击队副司令刘林卿的叛变。

刘林卿是与潘友松一同长大的发小,他们都是贫民,一同为地主放牛,一同参加革命,一同出生入死。刘林卿表现很出色,他曾指挥一支游击队击溃敌人一个营,游击队上下对他非常佩服。

刘林卿竟然会叛变,大家觉得不可理解,潘友松也觉得不可思议,就连敌人也一度认为他是前来诈降的。

刘林卿的叛变让敌人高兴万分,待考核通过之后,立马给他一支队伍。这支队伍大多数是由叛变分子和当地的地痞流氓组成的,他们熟悉这里的地形,熟悉游击队的作战方法,熟悉老乡的情况。

刘林卿对潘友松更为熟悉,他带着人员不断袭击游击队,游击队到哪,他们就跟到哪,就像一条恶狼,死死缠着游击队。游击队的粮食、枪支、弹药几无可藏之地,不断地被他们发现和捣毁。

潘友松和游击队队员们感到非常疲惫。

这天晚上,明月当空,潘友松带领游击队到了春秋山。大家极度疲劳,有的战士倒下就睡着了,有的睡着后就再也没有起来。

潘友松对这里很熟悉,看着极度疲惫的队伍,传令部队就地休息。

春秋山是当地的名山,据说宋代大画家李公麟曾在此写诗作画,山上还有洗墨池,是他当年作画洗墨的池子。小时候,潘友松经常与小伙伴前来游玩,对这里的一草一木都有深厚的感情。平常喜欢舞文弄墨的潘友松,看着山里的人文遗迹和奇峰怪石,他多么想对着明月清风吟诵一首,但他现在实在没有心情欣赏风景,他在嘴里轻轻哼着:"明月松间照,清泉石上流……"看着战士们横七竖八地躺成一片,鼾声此起彼伏，他还担任起了警卫任务。

"不好，敌人上来了！"山下的特务营营长林业锋气喘吁吁地跑上来。刚才还鼾声如雷的战士们一跃而起，他们抓起武器，凭借岩石、大树等掩体，做好战斗准备。

刘林卿就像苍蝇一样，这次，不知他又嗅到了什么，跟着游击队摸到了他们的宿营地。

"敌人有多少人？"大战之前，潘友松总是很镇静。

"司令，快撤吧，至少一个团。"林业锋急得直跺脚。

"不要慌张，你带领大家从北面山坡往下撤，我来打掩护。这个刘林卿，我不亲自收拾，他是不会收敛的。"

"不行，你先撤，我们来打掩护。"战士们纷纷请缨。

"这是命令！不能再拖延时间了，大家尽快撤！"潘友松红了眼，向大家命令道。

新四军之所以为新四军，共产党之所以为共产党，就是因为有这样的传统和作风，带队的总是身先士卒，一马当先，天大的困难首先自己来扛，天大的压力首先自己来顶。

这时，枪声大作，双方已交上了火。

同志们的眼睛湿润了，他们知道，潘友松想一劳永逸地解决刘林卿叛变的问题，只有自己出手，敌我力量悬殊，这次留下来打掩护就等于牺牲。只有真正的共产党员、革命志士，才会这样无所畏惧和义无反顾。

敌人的指挥正是叛徒刘林卿，他的别动队参照新四军的配置，有一定的机动性和灵活性。

"兄弟，没想到我们在战场上相见，一向可好？"潘友松听出来了，来人正是自己的"兄弟"刘林卿。

"兄弟，好久不见，怪想念的，你在那边还好吧？"潘友松与他打着寒暄，"不过，你躲在后面，只闻其声，不见其人，也不够意思吧？"

"哈哈，我能暴露自己吗？谁不知道你是神枪手？我可不想倒在兄弟的枪口下。"

潘友松循着声音搜索着，他把枪口对准着那块传出声音的石头，他真想一枪击碎石头，击倒那个可恶的叛徒。这个叛徒对革命的危害太大了，好多同志牺牲在他的枪口下，造成我军处处被动。

"我们是兄弟，我们还没叙叙友情，我怎么会打死你？"潘友松应对着。

"拉倒吧，我还不知道兄弟你？我早就是你的眼中钉、肉中刺了。但不管怎样，我们永远是兄弟，只要你过来，吃香的、喝辣的，混得绝对比我好。"刘林卿扬扬得意地开始劝降。

他还喋喋不休地说着："你看你们，穿得破衣烂衫，吃得没盐没油，那么苦，没的吃、没的喝，天天把脑袋系在裤腰带上，人生短短几十年，何苦呢？"

沉寂，死一般的沉寂。

潘友松知道，刘林卿是非常狡猾的，他不可能轻易上当。在对峙的过程中，潘友松心生一计，猛地跃出战壕，引诱敌人开枪。刘林卿一看机会来了，一阵乱枪打来，潘友松假装中弹倒地，但此时，刘林卿暴露了位置。潘友松抓住机会，满是仇恨的眼睛喷着怒火，阴森森的枪口对准了刘林卿，刘林卿正要躲过去，但就在这时，一声枪响，一颗子弹正中他的脑门。

枪声就是命令，潘友松带着战士，利用熟悉的地形，向敌人猛烈地冲去。带着对敌人的仇恨，带着对牺牲的乡亲的复仇火焰，他的眼中冒着火，敌人成片倒下。他猛烈地射击，吸引了敌人的火力，但也暴露了自己，敌人所有的枪口都对准了他。

罪恶的子弹击中了他的胸膛，他没有立刻倒下，而是继续还击。

"司令，我背你走！"战士们要背他赶快离开。

"不要管我了，狠狠地射击，给我狠狠地打！"潘友松发出了最后的命令。

潘友松倒下了。

夜色里，几名战士背着他的遗体撤出了战场。

夜深了，阴云笼罩，远处，春秋山边，一轮惨淡的月亮时隐时现。泉水滴滴答答，呜咽着流向泉底。黄小娟跪在地上，紧紧抱着潘友松的遗体，她的泪早已哭干了，声音都嘶哑了。潘友松安静地躺在黄小娟的怀里，嘴角挂着笑。

龙舒长歌启瑞心

【序】临江仙·建党百年祭烈士周启瑞

山花烂漫晴岚好，小园几度春风。漫天烟絮舞城东。一杯清酒祭才雄。

奔走追寻真理路，献身当是从容。沉思万里锦旗中。此身常伴映山红。

一、乡里来了个裁缝

月色朦胧，虫声透过破旧的窗户，一声紧似一声地传进低矮的草房里。土坯垒砌的床连着锅灶，而昏暗的油灯在黑漆漆的小方桌上跳跃着。五个人围着低矮的小方桌，簇拥在一起。其中，一个年纪约三十岁的年轻人正在读一份报纸。报纸正上方印着四个大字"新中华报"。其他四个人专心致志地听着，时而会心地微笑，时而以拳击桌，压低嗓音说道："说得好！就要这样干！"

读报的声音很小，虫声似乎都已经盖过了人声。而此时，窗外秋风习习，旁边的牛棚里牛正在反刍……

正在读报纸的年轻人叫周启瑞，是一个裁缝，人虽年轻，手艺却很不错，为人也好，喜结善缘，受到人们的一致好评。他经常走村串户，给周围的老百姓带去很多生活必需品。他这个裁缝与别的裁缝不一样的地方是：不会因为工钱和乡亲们闹得不欢而散，相反，在乡亲们需要帮助时，他总能慷慨解囊。最受乡亲们欢迎的是，他时常在做工时，和大家拉家常，叙晴雨，说冷暖；时常和乡亲们说些国家大事，尤其是抗日形势。这个小裁缝对日本人深恶痛绝，每每说到抗日时，都大骂其灭绝人性，残暴异常。说得乡亲群情激愤，痛骂日本鬼子不是东西。所以，他经常会一个简单的裁缝活干个半天，而聚集来的听众越来越多。

乡亲们都亲切地叫他"小周"。复兴集乡的几个村里的老百姓都知道这个"小周"。与周启瑞关系最好的是宋再潮——一个贫苦农民。周启瑞白天在复兴集乡四处奔忙，招揽裁缝活；晚上就落脚在宋再潮家。宋家贫苦，家徒四壁，但是宋家的主人很善良，爽快答应周启瑞，说他可以在自己家长期住宿。周启瑞为不过分打扰，便住到了宋家屋旁的牛棚里。这样，很长时间里，蚊蝇和牛粪气味便是周启瑞每晚的"幸福伴侣"。

很多个晚上，周启瑞总是会给周边一些贫苦的乡亲带来报纸，然后读给他们听。中国农民自古以来都是面朝黄土背朝天，识字的不多；加之家庭较为贫困，往往都是"早睡省油钱"。

宋再潮曾经问："这样每晚读报，油钱咋办？"

"我不是有剪刀和针线吗？我多接几家活，就有油钱了！虽然现在的生活很困苦，但是只要我们心怀希望，打倒日本帝国主义和反动派，我们的生活就会好了。所以，我们现在及时了解外面的斗争形势，是不是比什么都重要？"周启瑞的笑容里透着坚定。

随着活动的增加，乡亲们似乎渐渐感受到这个小周裁缝不简单。人们意识到：他单枪匹马来到复兴集，凭着过硬的手艺赢得众人的赞誉，更主要的是他还能在干活之余,把共产党的抗日主张浅显地介绍给周围普通的民众,并且获得众人的支持,他绝对不是一个普普通通的裁缝。大家心知肚明,却在公开场合讳莫如深,因为大家都喜欢这个"小周裁缝",都被他感染了。

二、从路西来到路东

每每走在复兴集乡的乡间道路上,周启瑞的心潮都是澎湃的。

复兴集是来安县的一个小乡镇,地处津浦线东。日军攻陷南京后,没有把主力向北安排,而是沿长江一线攻打武汉。在津浦线东,日军只留下了少量的守军,而国民党的部队尚未到达此地。

日本侵略者的到来,激起路东人民的抗日热情。他们有人暗中计划好去偷袭一下日本的守军,让他们夜不能寐;有人暗中联系新四军,准备夺回被日军占领的地方。所有这一切都说明:这地方值得挖掘,能让路东零散的抗日力量团结起来,汇聚成一股坚强有力的新生抗日力量,是多么有价值啊!

1939年5月,带着"立即开辟津浦路东地区,创建抗日根据地"这份上级的指示,周启瑞又一次启程了。只不过这次是从津浦线西穿越津浦线,来到津浦线东。此时,周启瑞刚刚到新四军四支队工作不久。但是党的命令就是铁的纪律。为了党的事业,为了抗日根据地的创建,周启瑞乔装打扮成一个裁缝,来到复兴集乡。

此行任务之艰巨,责任之重大,周启瑞心中是明白的。但是,作为一名共产党员,没有退缩的理由,只有挺身而出的勇气。

这个"裁缝"妙剪神针,竟能绣出一幅"日出东山耀乾坤"的好彩绣。

这年秋天，在周启瑞的推动下，复兴集乡党总支成立了。党总支书记由周启瑞担任。其中，宋再潮、彭跃宗、唐孝立等八九名党员都是周启瑞扮"裁缝"时的亲密战友，他们共同学习，共同进步，共同为扩大党组织的影响，扩大新四军的影响，积极奔走，积极宣传。

从路西到路东，共产党的星星之火已经悄悄燃起，正有扩大之势。

三、张铺郢的枪声

安徽不少地区受楚文化浸润较深。这一点从很多地名中都带有一个"郢"字可以看出，张铺郢便可作为佐证之一。而此时的张铺郢处在日本侵略者的铁骑之下。为了进一步扩大敌后抗日根据地，周启瑞来到了张铺郢。

他召集部分党员和入党积极分子开会，布置后面的工作。他分析了抗战相持阶段的情况，分析了新四军当前的任务，以及如何在敌后策动各种奇袭来牵制日军，为抗日做出贡献。最后，就团结一切可以团结的力量来共同抗日方面，他说得比较多。

当他正在动情地说如何做前复兴乡联保主任余一成的工作时，门外传来了枪声。不一会，在外负责放哨的同志回来了，原来伪嘉山县保安队路过此地，因为天色已晚，决定到村里来住宿一晚，故而在快到村口时放了两枪，以示"我来也"！

周启瑞立即和宋再潮耳语几句，然后果断让参会人员回到各自的住处，自己则重新在窗下摆好油灯，拿出早就准备好的布匹和裁剪工具放在桌上，假装做他的裁缝活。

"哐——"周启瑞住处的门被撞开了！四五个黑洞洞的枪口指向他的头。他立即颤巍巍地举起双手，脸色变得煞白，差一点跪在地上了！

"饶命……饶命……"他口中直呼这句话。

"你滴……这么晚……干什么滴?"由于经常和日本人打交道,这个保安队队长的话有几分"鬼子腔"。

"张老汉快不行了……我在赶制寿……衣……一定要在他咽……气之前……做好……不然死了……下去没衣服穿……"周启瑞结结巴巴地说着。

"真他妈的晦气!滚出去,我们征用了你的房子,到其他地方去……"保安队队长生气地踢了他一脚,说:"都听好了!今晚就在这休息,明早在村里搜搜看有没有好东西带上路,记得了!"

保安队队长把周启瑞押去牛棚里。

早晨,保安队大部分成员都出动,去村里"扫荡"了。保安队队长正在大快朵颐,幸福地吃着早点。宋再潮带着两个人进来了。他点头哈腰地向保安队队长说自己的父亲快不行了,一定要带裁缝去穿寿衣,防止他老人家突然断气。保安队队长虽然是给日本人卖命,但还是中国人,对这事他早嫌晦气,赶忙打发他们"滚"去了!

在离开张铺郢途中,周启瑞笑着对宋再潮说:"三十六计,走为上!"

四、9支枪[①]

余一成总是喜欢和别人说"9支枪"的故事。而故事的另一个主角便是周启瑞。

---

① 有的版本是"7支枪",这里取余涛口述,余海宏执笔《我的父亲是如何走上革命道路》中的"9支枪"。

周启瑞在复兴集乡交了很多朋友，也将很多朋友介绍入党。余一成就是其中之一。周启瑞为了不断扩大抗日队伍，与复兴集乡各方面人物都广泛接触，听说前乡联保主任余一成曾在北京读书，受新思想熏陶，后来因为家事而不得不回乡，迫于形势，担任乡联保主任，待人宽厚、诚恳，尽心为老百姓做好事，深受乡亲们爱戴，在当地威望颇高。

周启瑞积极主动与他接触，而且将此事反馈给了上级。罗炳辉亲自动员，甚至住到了余一成的家中，与他促膝谈心。

1939年9月，在周启瑞的介绍下，余一成正式加入中国共产党。入党后的余一成将家中的"9支枪"收集到一起，亲自交到周启瑞的手里。

两人手握在一起，彼此注视着，目光是如此坚定。

五、奇袭黄土山

伪军大多数都是狐假虎威，狗仗人势的。尤其在老百姓面前，伪军总是颐指气使，乃至盘剥、掠夺百姓。黄土山伪军据点的伪军自然也是这样。因为黄土山在来安县和滁县之间的交通要道之上，日军在此处修筑碉堡等军事工事，是扼守两县的锁钥之地。日军的驻地在滁县，黄土山驻扎了一个班左右的伪军兵力。

这个据点的伪军经常会来到周边的村庄扫荡，有时甚至会破坏刚刚建立不久的抗日民主政府的一些组织机构。

周启瑞此时担任来安县抗日民主政府复兴区委书记。他积极组织复兴集乡农民成立了一系列组织机构（如"农抗会""妇抗会""青抗会"等），来开展抗日斗争活动。其中，模范队的建立，是为了以武力同日伪军展开血与火的斗争。他亲自组织，并亲自训练。但是，模范队面临的最大问题是缺少枪支弹药，无法进行有效的抗日活动。

为了解决这个后顾之忧，同时为了进一步扩大根据地敌后抗日成果，周启瑞先后派出侦察队五次对黄土山伪军进行实地侦察，在摸清伪军的活动规律后，他又陷入了沉思。他久久地盯着地图，手中的笔停在空中。突然，他"啪"地一下将笔重重地搁在地图上，大声地说道："就这么干！"

这一晚，午夜后，天上没有月亮，星星也很少。山里一片漆黑，只有蝙蝠偶尔还在扑腾扑腾地飞。黄土山上的碉堡里很安静，不时有鼾声响起，所有枪支都统一靠在窗子下面。这时，在碉堡高处的哨兵也渐渐模糊了意识，似乎很快就要进入梦乡。

模范队队员在夜色掩护下，绕过哨兵，一个个依次进入碉堡内。他们首先收起伪军的枪，然后，齐声喊道："都起来，举起手……"

还在睡梦中的伪军不知不觉中已经成为模范队的俘虏了！而伪军的枪支弹药也自然成为模范队的了。模范队实力得以加强，气势也打出去了！

六、血染的风采

1941年1月17日，三九时节，寒气逼人，再过两日便是"小年"了！这在农村是比较受重视的一个节日，而天气并不好。风雪已经连续几日地肆虐，漫山遍野都是白茫茫一片。风依旧在刮，很刺骨，雪渐渐停了，但寒冷依旧。

为了进一步巩固路东抗日政权，各地都在"扩军"。

早晨，冰锥还直溜溜地挂在屋檐上，屋外是一片白色的世界。周启瑞叫起众人，匆匆吃过早饭，便整装待发。今天他们要去孙桥西潭郢村开展扩军工作。

一行人踩着雪，摸索着道路，一步步地向前走去。树林里偶尔会扑棱棱地飞出不知名的鸟，叫几声，又箭似的飞向远处。在这行人的背后，一串串脚印向远处延伸。

村庄渐渐显现在视野里，恰如白色的幕布上点缀的墨点。

周启瑞的心里有些激动了！此行，他既承担"扩军"的任务，还承担物色更多优秀人才来充实抗日队伍的任务。看着同行的10余人个个精神抖擞，一种蓬勃的希望在心底升腾，渐渐弥漫全身。他觉得路越走越轻松，越走越有希望。

走过一个路弯后，潭郢村映入眼帘了。沿着一条路可以直接进入村子，路的一边是树林，另一边是农田。周启瑞走在最前面，风从耳边呼啸过去，自己呼出的热气也快要凝结成水珠了。

突然，前面树林里人影晃动，紧接着枪声响起。

"不好！快撤！"周启瑞拔出手枪还击，并让身后同志赶快撤。

顿时，枪声四起，伪军冲了上来。"啪啪啪……"周启瑞连续开了几枪，大声喊道："同志们快撤！我掩护！"他利用路旁的一些草堆做掩体，掩护其他同志离开。

这时，伪军已经从三个方向包围过来。

周启瑞继续开枪，吸引伪军朝自己所在的方向来，一边大声喊道："打倒日本帝国主义！"话音未落，一阵刺痛传来。一颗子弹击中了他的腹部，血汩汩地往外流，染红了他脚下的白雪。

敌人不断缩小着包围圈，而周启瑞手捂着伤口，弯着腰，继续开枪射击。

突然，又一颗子弹击中他的胸口，接着又一颗子弹击中他的大腿……敌人的枪不断射击，周启瑞慢慢地倒下了……

他的身下是一大片被染红的白雪，像红旗一样，迎风招展。

周启瑞躺在血染的红旗上，眼睛凝视天空，慢慢地，慢慢地，他闭上了眼睛。

他躺在这片热土上，他永远地融入了他热爱的土地，他将和这片土地一起见证时代变迁……

她是一只勇敢的山鹰

庐镇乡位于舒城县西南,这里依山傍水,茂林修竹,有着说不尽的旖旎风光。

为了探访烈士郭嗣英的足迹,我于一个春日走进庐镇乡安菜山。正是一年春好处,漫山遍野的红杜鹃,云蒸霞蔚,落霞一般。偶闻一两声山鹰啼叫,叫声清越高亢。

一场春雨过后,安菜村附近的百丈崖瀑布蓄势待发,130多米的落差,激荡起层层叠叠的白色浪花。瀑布对悬崖无所畏惧,所以才能唱出气势磅礴的生命之歌。

高远渺茫的天空,艳丽的高山杜鹃,激昂的百丈瀑布,高亢的山鹰啼鸣。生命如此安静,又如此热烈,就如同女英雄郭嗣英的一生。

一、凄风淅沥飞严霜,苍鹰上击翻曙光

郭嗣英就出生在安菜山脚下的郭家老屋。1901年的一天,一声响亮的婴儿啼哭响彻村子上空。她的父母并没有对这个新生命张开温暖的怀抱——因为又多了一张口吃饭,她的出生给这个普通农家罩上一层阴影。

她没有享受过童年的快乐。她兄弟姐妹7人,父母劳苦终日,连温

饱问题尚且不能解决，一家老小，勉力维持，还是抵不过生活的艰辛。郭嗣英八岁时，已有4个弟妹相继死去，或病死，或饿死。郭家剩下的3个孩子也是瘦得皮包骨头，一阵风就能把他们吹倒。尤其是郭嗣英，真的是面黄肌瘦，骨瘦如柴，但她的生命力异常顽强，她的眼睛里闪烁着对生的渴望，乡邻们都说："没想到最瘦的英子能活下来。"英子，就像是大山里的一只苍鹰，遭遇凄风苦雨，大雪严霜，仍然不屈地唱响生命之歌。

为了活下去，父母无奈将八岁的小嗣英送到黄土关彭家当童养媳。自此，小山鹰离开了家，开始了在彭家当童养媳的日子。她幼小的心灵受到极大的创伤，惊慌和迷惘如影随形，提心吊胆地生活。她时常仰望天空，渴望自己能够像飞鸟，扇动翅膀就能飞向远方。

二十岁时，她与彭贵青结婚。婚后，他们生有二男一女。美好的生活画卷似乎正徐徐打开，她多想做一个幸福的母亲，能看着孩子一天天长大。可命运还是没有放过她，长子一岁多即夭折，死在她的怀里。因为穷，孩子生病无钱医治。她抱着死去的孩子，内心充满自责，认为一定是自己没有尽到做母亲的责任，没有把孩子照顾好！她目光茫然地盯着远处的大山，心中无边无际的忧伤蔓延开来。

幼小的她为生活所迫离家，而自己的儿子，还没有能够爬到屋后的山顶，看一看世界有多大，生命就永远停在那个严寒的冬天。为什么生活给予她的总是磨难？这些没有答案的问题，如山间的藤蔓，牢牢地缠绕着她。她就像一只无法展翅高飞的山鹰，双翼被束缚着，身心被囚禁着。

等得春风又一次把满山的杜鹃吹成耀眼的红色，等得小燕子开始在屋檐下唱着春天的呢喃曲，革命的春风终于吹到了小山村。自1929年起，邻县党组织先后派党的干部到晓天、河棚、南港、梅河、张母桥等地活动，宣传、发动和组织群众，建立党组织和农民协会组织，开展武装斗争。

这些到舒城开展活动的党员，以各种形式宣讲革命思想。宣讲队还善于利用当地群众喜闻乐见的形式，比如快板、歌曲等，不讲什么深奥的大道理，用朗朗上口的歌曲唱出了老百姓的心声。郭嗣英从宣讲队那，第一次知道了大山外面的世界。她印象最深的是《养媳妇自叹歌》，歌曲唱出了童养媳的悲惨。"童养媳，苦难讲，就怕逼着去拜堂……"同村，像她一样的童养媳有不少，有的十三四岁就被逼着拜堂，有的自小就在婆家做牛做马，长大了却被逼着嫁给娶不到媳妇的残疾兄弟俩……

她一遍遍哼唱，直唱得泪水汪汪。眼前的迷雾一点点消散，她隐隐约约觉得，没有人是生来就要受苦的。

1930年，舒城遭遇大旱，庄稼减产。第二年，在温煦而夹带着清冷气流的春天，舒城人民正遭遇着严重的饥荒。饥饿难耐的百姓以树皮、野菜、草根等充饥，还是饿得前胸贴后背。可地主豪绅却趁机囤积粮食，哄抬粮价，企图发财。为了让人民度过饥荒，党组织领导人民反饥荒，开展春荒扒粮运动。饥饿的农民扒开了大户人家的粮仓。

郭嗣英也跟随安菜山扒粮小组，在饥荒时候吃到了白米饭和杂粮窝窝头。民以食为天，谁能让老百姓填饱肚皮，谁就是百姓的救星。

仿佛在黑漆漆的夜色中看到了一道曙光，朴素的思想种子在郭嗣英的心头生根发芽。她积极加入当地农协会，和进步青年们一道，向劳苦大众宣讲革命才能吃饱饭的道理。她这只山鹰无比坚定地明确了方向，她要展开双翼，展翅直上，迎接那道曙光。

二、草中狸鼠足为患，一夕十顾惊且伤

1934年，安菜山一带又成为红二十八军二四六团、皖西特委、皖西北游击师的活动根据地。它们好似星星灯火，为人民照亮寒夜的路。郭嗣英一步步靠近这灯火，她毛遂自荐，为游击队和小街党支部做事，替他们站岗放哨。

游击队缺少活动场所，郭嗣英提出把办公地点设在她家。她家地势高，屋前有几株老树遮挡，站在老树浓密的绿荫下，能看到远处的风吹草动；屋后是重重大山，情况紧急时能迅速撤离到后山，山林是最好的藏身场所。好在她的丈夫和公婆也很支持革命，她家便成了游击队联络点，她家的堂屋成了游击队的会议室。堂屋那张油光发亮的八仙桌，那条缺了一条腿的长条凳，似乎都伸出热情的双手，欢迎着游击队队员。

于是，在屋前浓密的树荫下，郭嗣英坐在小矮凳上，手里纳着鞋底，眼睛的余光却不时瞥向路口。那是郭嗣英在替游击队站岗放哨。大多数情况下，游击队都在晚上开会。夜深人静，郭嗣英和丈夫守在门前，头顶星光闪烁，耳畔虫鸣啾啾，夫妻俩如两只警觉的山鹰，在黑夜里打起精神，不放过任何风吹草动。碰到紧急情况，她会发出信号，让游击队队员迅速从后门撤退，消失在后山苍茫的林海中。游击队队员亲切地称她为"郭大管家"，她用超凡的胆识和胸襟，为游击队筑起了一道安全的屏障。

1938年1月的一天，几十个游击队队员在郭嗣英家活动，被桐城长岭保保长探觉，保长勾结驻在桐城的省保安四团一伙人扑向郭嗣英家。有优秀的"守门员"报警，游击队队员们迅速撤离，敌人扑了个空。敌人把她家屋子翻了个底朝天，一点蛛丝马迹也没找到。

于是那个歪脖子保长下令烧了她家的房屋。漫天的火光中，郭嗣英的丈夫、公婆都想冲进火海，抢救家人的心血。最后，还是邻居们赶来帮忙，扑灭了火。可家已经化为灰烬。郭嗣英的丈夫和公婆也在这场大火中受伤。不久，她的丈夫、公婆相继去世。来不及悲伤，她便带着两个孩子在一间草棚里安身，把愤恨藏在心底，只在夜深人静之时，偷偷地咀嚼着入骨的相思和彻骨的仇恨。

擦干眼泪，她从家里走出来，继续为革命奔走。她感觉身上聚焦了一些似有若无的目光，这些目光里没有温暖，更多的是一种探寻和疑惑。走在路上，也时不时听到一些邻居在小声嘀咕，不用听，她也知道大家议论的是什么。一个女人，连家都没有了，丈夫也没有了，怎么还不懂得收敛，还在外面抛头露面？何苦呢？

是啊，何苦呢？她也在问自己。可她清晰地知道答案。乱世之秋，残暴的敌人如同草丛中的狐狸与老鼠，蠢蠢欲动，令人寝食难安。她也想过安稳日子，可革命不成功，哪有安定？

"一夕十顾惊且伤"的状况下，老百姓都生活在水深火热之中，她顾不上为自己的小家庭悲切。她不要做那娇柔的小草，任人践踏。她要像那悬崖上的杜鹃、风雪中的梅花、天空里的苍鹰，活出自己的风采。

1938年3月，中共舒桐中心县委、中共舒城县委相继成立，郭嗣英积极投入抗日救亡斗争，参加了共产党员彭廷举组织的抗日游击队并担任交通员，往来于舒城县庐镇、潜山县官庄、桐城县黄甲一带，收集情报，递送信件，接应游击队队员。那条曲折的山道，留下了她无数次踽踽独行的背影。虽时常满面风尘，她却走得异常坚定，身体消瘦了，希望却日渐丰腴。

同年秋天，郭嗣英与本村的游击队队员——共产党员项少银结婚。寡妇再嫁，自然又引起一些流言蜚语。可她早已把自己练成钢筋铁骨。

她也清楚地知道，自己这次再婚很大程度上是为了革命工作的需要。项家在舒、桐、潜三地交界处，环境隐蔽，组织上便确定将项家设为新四军和游击队的秘密联络站。同样的剧情再度上演，月光下，她把自己站成一尊雕塑，也要替游击队守住秘密。

三、但愿清商复为假，拔去万累云间翔

1939年冬，对于郭嗣英来说是一个温暖的冬天。冬日的暖阳照射过的土地散发着诱人的清香，一如她的心情。经过党组织的考察和批准，她正式加入中国共产党，成了一名光荣的共产党员！郭嗣英握着拳头宣誓，誓言铮铮，字字句句出自肺腑。她加入了党的大家庭，犹如鸟入巢穴，鱼入大海。

1941年春，国民党掀起新的反共高潮，留在大别山的新四军和杨启文游击队及地方武装共同坚持敌后游击战争。不久，杨震率领的游击队也到安菜山开辟根据地。国民党舒城县长黄示亲自带领自卫队和两个中队，进驻安菜山，对游击队进行"清剿"。

形势日益严峻，不安和恐怖的阴云笼罩在安菜山的天空，大家都在严峻的形势下神经紧绷。郭嗣英主动站出来，向组织提出她要深入自卫队驻地，替游击队探听情况。这是项危险性很高的工作，无异于羊入虎口。

组织犹豫了："郭嗣英同志，你可知道你这样做等于把自己置身于龙潭虎穴啊，不可不可。"

但她用坚定的目光表露自己的决心："干革命哪有不冒险的！正因为危险，我才要去做，我是一名共产党员，理所当然地要为革命出力。"

"可你是一名女同志啊！"

她是一只勇敢的山鹰

"我虽是一名女同志,但更容易麻痹敌人,更方便去打探情况。"朴实的话语,一个共产党员的心在话语里跳动。再拒绝她,会使一颗高尚的心难安。党组织同意了她的请求。

离敌人更近,才能探听到更有用的情报。郭嗣英把自己伪装成一个乞丐,她在脸上抹上锅底灰,遮住了本来面貌。黑黑瘦瘦的脸,破破烂烂的衣服,头发蓬松着,乍一看,人们都以为这是一个邋邋遢遢惹人嫌的逃荒妇女。她的左臂弯挎着一个竹篮,竹篮里面放着一只破碗;右手拿着一根竹竿,用来驱赶随时可能出现的野狗。还时不时念叨着:"各位好心人,行行好,给口吃的吧"。靠着这样的伪装,郭嗣英一次次深入敌人的驻地。

被恐吓,被驱赶,被自卫队的狗追咬,这些都没有吓走她。慢慢地,她成功迷惑了敌人,狗也不追咬她了,她被当作一个普通的流浪的乞丐。就是这样一个看似衣衫褴褛的乞丐,却帮助游击队探听到许多有用的情报。

山路弯弯,黑夜寂静如水,淹没了脚下的土地。顾不上害怕,她飞奔在山路上,恨不得肋下生翼,早点把收集到的情报汇报给游击队。她不知疲倦地奔跑着,磨破了脚上穿的"千层底"。白天她是"乞丐",混迹于险象环生的白色恐怖中;晚上她是游击队优秀的情报员,她把自己悄无声息地融进大山里,成为黑夜的一部分。她是一道光,给游击队带来许多有用的情报,帮游击队打了许多胜仗。

一次,在自卫队驻地,她意外看到了一张熟悉的面孔,那个脸上有一颗大黑痣的人,怎么出现在敌军的营地?她瞬间明白了,原来这个贪生怕死的家伙当叛徒了。这个叛徒靠出卖曾经的同志,竟然成为国民党的保长。震惊之余,她恨不得扑上去撕碎他,但理智告诉她不能冲动。她攥紧拳头,压抑住心中喷薄的怒火,趁对方没有认出自己,转身离开。回到游击队驻地,她第一时间把发现叛徒的事情告诉了组织,并且对叛徒的居住地、活动时间和地点做了详细汇报。有了郭嗣英的情报,在游击队的周密安排和布置下,一张网无声无息地张开了。叛徒被秘密处决,一颗大毒瘤被拔除。

常在河边走,哪能不湿鞋?她走的本来就是一条荆棘丛生的崎岖小道,无论如何小心谨慎,也不可避免地一次次将自己置于危险境地。她频繁地活动,最终暴露了自己,国民党乡公所到处抓捕她,但她利用熟悉的地形和过人的机敏,一次次化险为夷。

1944年6月,国民党乡公所又一次出动,但她又一次无声无息地消失。敌人恼羞成怒,就地把黄土关四户群众全部抓去拷打,逼他们交出郭嗣英母子。

看着无辜群众受牵连,郭嗣英心如刀绞。庐镇山高林茂,她如果一闭眼一狠心,躲在密林或石头洞里不出来,敌人是抓不到她的。可那样一来,被抓群众就要遭殃。几乎没有丝毫犹豫,她毅然从隐蔽处现身,主动走到乡公所。

乡亲们脱险了,她却被捕了。她最后一次走在黄土关的山道上,一步一回头,深情的目光一遍遍抚摸着那熟悉的一草一木,她知道,自己这次离开可能就是永别。乡亲们抹着眼泪,目送着英子一步步离开,直到这个大山的女儿彻底消失在人们的视线里。

审问郭嗣英的小头目是个歪嘴伪军,恶狠狠地盯着她说:"郭嗣英,只要你说出游击队的下落,就可以放你去见你孩子。但你若是不老实,就马上拉出去枪毙。"

见孩子对一个母亲来说,是多么诱人啊!郭嗣英痛苦地摇头,从牙缝里吐出几个字:"我什么都不知道。"

审问者恶狠狠地一拍桌子:"你别敬酒不吃吃罚酒!"为了缓和一

下气氛，审问者又放缓语气："只要你说出你平时去过哪些地方，见过哪些人，也可以马上放了你。"

郭嗣英只是摇头。敌人恼羞成怒，用尽酷刑，自始至终，郭嗣英都咬紧牙关，绝不吐露半点党的秘密。

三天后，郭嗣英英勇就义。临刑前，她久久地向着家的方向凝望。那一刹那，她听不到枪声，她耳畔回响的是百丈崖瀑布激昂的欢唱。那声音袅袅不绝，在她的心底流淌。

罪恶的枪声响起，郭嗣英走完了她短暂而又壮丽的一生。斯人已去，但她的精神是不朽的。郭嗣英，这只勇敢的山鹰，只愿她的灵魂能在下一个天高气爽的秋季，挣脱重重枷锁再上万里云间，飞回她挚爱的黄土关，再看一看那片深情的土地。

一生守护，死亦相伴

一

2002年，舒城县庐镇乡一位老人正处于弥留之际，他断断续续地用山西口音留下最后的遗言："死后，就……把……我……埋在……陵园……附近，我……要……永远……陪伴……我的……战友……们。"他艰难地用手指了指那座无名烈士陵园，然后就永远地闭上了眼睛。

九十六岁的老人胡世祥走了，他走得不甘心，他还想再活久点，继续守护他的战友们，但半年来他的身体明显衰弱了，他知道自己的时间不多了。在最后时光里，他抓住最后的机会，每天早晨艰难地挪动着双脚来到烈士陵园。他连拿起扫把的力气都没有了，只能趴在地上，用手拾起落在地上的一片片枯叶。他抚摸着烈士纪念碑，坐在刻着烈士姓名的墓碑北侧，一遍遍地念着烈士的姓名：

营长：祁荣富

炮兵指导员：王步全

步兵连连长：何随

机枪连连长：吴天训

炮兵连副连长：贾三

炮兵排排长：刘育桂

步兵排排长：祁小平

副排长：胡丙民

炮兵班班长：贾成文

这些人是胡世祥老人的战友，更是他的亲人，半个世纪前牺牲在这里，他们的长相、性格、喜好，他都记得一清二楚。营长祁荣富是个大个子，长得高大威猛。他的嗓音很大，训练时，他说话的嗓音如山上的洪水在咆哮，震得山谷都有回音，战友们习惯称他为"大嗓门营长"。那时部队训练，需要有人发布召集号令，祁荣富的嗓音大，团长看中了，就任命他为司号员。他不仅嗓音大，作战也勇猛，打仗始终冲在前面，自己先探好路，再招呼后面的兄弟们跟上。就这样，凭着突出的表现，不久后他就晋升为营长。炮兵指导员王步全，是留苏归来的技术兵，早年在东北参与组建炮兵部队，后来南下，担任炮兵指导员，他手下的炮兵技术过硬，常常一发炮弹就能打开城墙，把敌人炸得七零八落，让步兵们迅速冲进城里，减少了伤亡。所以，王步全是部队里的宝贝，人们特别尊重他。步兵连长何随，是王步全的同村老乡，比胡世祥大八岁。胡世祥十多岁时，有一天饿得头昏眼花，正要出去寻找点吃的，何随看到了，便带着他一起参军。当时的胡世祥懵懵懂懂，天天跟大部队行进，人们称他为"红小鬼"。他也很勤快，帮首长背这扛那，从不叫苦叫累，大家都很喜欢他。一天，部队又行进到了胡世祥家所在村里。此时的他很想回家看看，他伸出头去，正看到妈妈就坐在村里的小河沿上，满面憔悴，目不转睛地看着来来往往的战士，妈妈明显是在寻找自己的儿子。他的泪珠夺眶而出，只能冲出部队，向着妈妈磕了一个头，然后又迅速归队。妈妈回过神来，要去拉回自己的儿子，但部队早已急行到了远方。从此，他就在何随的带领下，经历了一场又一场战斗，早已看淡了生死。

上述三位是胡世祥朝夕相处的战友。机枪连连长吴天训，炮兵连副连长贾三，炮兵排排长刘育桂，步兵排排长祁小平，副排长胡丙民，炮兵班班长贾成文，这些人他就不是很熟悉了，但不管怎样，他们都是为共和国牺牲的烈士，都是值得敬重的。他要为他们守墓，这是他半个世纪前的誓言，他要用一生的光阴守护着他们，死后还要陪伴他们。

胡世祥把整个人生都献给了烈士陵园，献给了他的战友们。每天，当他走进陵园时，墓碑正面书写的"革命烈士纪念碑"七个大字令他无比骄傲，为烈士守墓，这是一项神圣的事业。墓碑两侧，"英名垂青史，忠魂看宏图"十个大字熠熠生辉，烈士们的高大形象跃然眼前。虽然烈士们是他过去朝夕相处的战友，但此刻，他觉得他们如大山一样伟岸，他更有责任为他们守好墓，更要建设好新社会，让烈士们看看他们用鲜血换来的崭新生活是何等朝气蓬勃。

这位老人就是胡世祥，山西太原人，1906年出生，1941年入伍，1947年在解放桐城战斗中负伤，被紧急送往位于舒城县洪庙乡的野战医院救治，后确定伤残等级为三等一级。从此，他就再也没有回去，一直守护着牺牲的战友们。

在生命的最后时光里，他依然天天佝偻着身子，清扫陵园的枯枝败叶。然后，他就坐在这里，一坐就是老半天，对着烈士墓说着什么，只有他自己听得清楚，他和战友们有着说不完的话。到后来，他实在来不了了，就每天在家里遥望着陵园，直到生命的最后一刻。他给前来看望他的村民留下了最后的遗言，他快要去见他的战友了。

这是2002年4月里一个天气阴沉的下午，老人安静地走了。根据老人的遗言，大家把他安葬在安菜山烈士陵园，让他永远陪伴着他的战友们。

二

在守墓的岁月里，经常有村民问起胡世祥的战斗经历和光荣历史，但他实在不愿多说。

"那么多烈士牺牲在此，不能在他们的功劳簿上争得个人荣誉，我只有默默守墓之责，而毫无获取功名利禄之私欲。"他常常这样告诫自己。

但对过往的经历，他还是记忆犹新。

1947年8月，解放战争已转入反攻阶段，胡世祥所在的部队一路从北到南，经过了一系列战斗，解放了一座座城市和广袤的乡村。

部队很快推进到了舒、桐、潜、岳交界处，在这里，他们遇到了敌人的顽固抵抗，部队的伤病员迅速增加，伤病员被紧急送往当地老乡家中，但这是解决不了问题的。一是随着伤病员的增加，老乡也承受不了；二是由于得不到及时的救治，很多伤病员伤情恶化甚至牺牲。

情况紧急，舒城县境内的部队领导和地方党组织决定在庐镇安菜沈家湾建立一个后方医院，用来救治在解放舒、桐、潜、岳战斗中负伤的伤病员。

为什么选择这里？因为这里层峦叠嶂，隐蔽条件好；这里革命基础好，地下党组织较为成熟，地下党员也较多；这里地处三县交界点，一旦有危险情况也便于转移。

他们对当地一位地主的二层木楼进行了简单的改造，设置了住院室、消毒室、手术室等。说是这室那室，其实只是一间间简单的木屋，便于伤病员的安置。紧接着，部队的医生过来了，部队又从当地征集了一批土郎中，医院就这样像模像样地建起来了。因为地处沈家湾，所以就叫沈家湾医院。

一天夜里，村民冯义华正要睡觉，突然听到一阵嘈杂声，她悄悄地从床上爬起来，只见一列列军人开过来，但不像要打仗的样子，他们抬着担架，走到木楼前停了下来，从担架上抬下一个个伤病员。小木楼里摇曳着忽明忽暗的灯火，斑驳的身影来回穿梭。

冯义华猜到了这是解放军的伤病员，默默地想着：这是好人的队伍，是我们穷人的队伍，他们来了，天就要亮了，我们就有指望了。

第二天早晨，冯义华悄悄来到了医院，她带来了鸡蛋、蔬菜和一只老母鸡，她要把这仅有的家当送给解放军的伤病员。

"大娘来了"，负责医院工作的一名连长连忙把她迎进医院。

"大娘，这使不得。"连长操着一口浓重的太原腔，冯义华听不懂，但她知道连长的意思，说什么也不肯把东西带回。

连长的眼睛湿润了，要给冯义华钱，冯义华也是摆摆手。连长左说右劝，搬出"三大纪律，八项注意"的规定，才让她接受了。

第二天晚上，又一批伤病员送来了，但医院已经满了，伤病员已无处安置。

这时，老乡们过来了，冯义华带头表示要将伤病员安置到他们家，伤病员是为老乡们受伤的，老乡们要照料好他们。

此时的步兵连连长何随刚刚参加了解放庐镇关的战斗，他的小腹被一颗流弹击中，但他仍坚持战斗，直到战斗结束时，才感觉肚子剧痛，用手一摸，鲜血直流，连肠子也流到外面了。他被战友紧急送往刚刚建好的沈家湾医院，但此时医院已人满为患，打了绷带后，何随坚持回到营房养伤。

一生守护，死亦相伴　155

冯义华大娘到部队看望战士们时,看到了何随的伤情,坚持要把他带回家养伤。

绷带紧紧裹住了何随的伤口,可能是因为耽搁时间长了,绷带处已有血水向外渗。冯义华大娘懂点医术,她一层层地把绷带松开,发现里面的肉已开始腐烂。家里没有消毒设备,冯义华就烧一锅开水,拿出一把剪刀在开水里烫了烫,把沾在肉上的绷带一点点剥离,把伤口处的腐肉一点点剔除。何随疼得冷汗直冒,双手紧紧抓住床单,但他始终不吭一声。大娘把自家的老布撕开,做成绷带,又一层层地把伤口包裹起来。

"孩子,以后就住在这里吧,这里就是你的家,把伤养好了,再去打坏人。"大娘安慰着何随。

看着大娘这样精心地照料自己,何随想到了自己的老娘。自从参军后,何随就与家人失去了联系。受伤的这段日子里,他想得最多的就是老娘。他参军的那一天,老娘站在村口,目送他一程又一程。当时,老娘说:"娃啊,打走了日本鬼子,你就回来呀,我在家里等着你。"没想到,赶跑了日本鬼子,又要打国民党反动派,这家从此再没有回去,这娘亲也从此没再见面,他是日思夜想,想与老娘再见一面。

此时冯大娘就是他的亲娘,他一头扎在大娘的怀里,像小孩一样哭泣起来。

但不幸的是,在随后的战斗中,何随被敌人的一颗子弹击中头部,光荣牺牲。

余春乐是村里的妇救会的成员,当时她刚生了孩子,她拖着坐月子的身体,在积极鼓励老乡安置伤病员的同时,自己又带头接回了一名伤病员。这名叫小刚的伤病员来自山东,早年参加过八路军,在这次战斗中被一颗子弹击穿腮帮,打烂了舌头。为了给小刚补身子,她把娘家送来给她补充营养的红糖和红枣全部送给了小刚。

"应该让解放军战士补补身子,他是为了我们的解放才受伤的。"余春乐朴实的话语让小刚泪流满面。

小山村迅速掀起了拥军救治伤病员的热潮,纯朴的乡亲们争先恐后地把伤病员接回家,如同亲人一样照料着他们。没有接到伤病员的乡亲们,就赶到医院,送去各种慰问品,一只鸡、一箱子鸡蛋、一桶油,他们把家里最珍贵、平时舍不得用的东西全拿出来了。

"这是一支打不垮的部队,因为我们有人民的拥护,他们是我们真正的靠山。"来自全国各地、各个部队的伤病员们被纯朴的亲情感染着,他们下定决心,一定要早日养好伤病,早日投身战场,争取让人民早日解放。

三

1948年4月起,相继发生了桐城老梅河、褂镇、褂镇河、青草角以及舒城庐镇关等战斗,残酷的战斗让伤病员越来越多,沈家湾医院早已超负荷运转。不得已,轻伤员就被安排住在程家祠堂和郭家祠堂。

反动派早已察觉到这里是解放军的总后勤供给地,是解放军的后方根据地,只有夺取庐镇关,才能瓦解解放军。他们从合肥、安庆、舒城、潜山等地抽调了三千多人的兵力,日夜兼程赶往庐镇关,要在这里与解放军进行决战。

油灯下,解放军指战员们紧急商讨着对策。庐镇关一定要守住,这是大家的共识。但如何守?大家展开了激烈的争论。

"把守庐镇关,布防关井。"营长祁荣富表达了自己的观点。

他走到军用地图前,说:"庐镇关一夫当关,万夫莫开,自古为兵家必争之地。因清光绪年间庐州府曾在此立碑，文曰：'峡口似关，因半府之名，故称之曰庐镇关。'"他指着庐镇关的东南方向，说："这里就是关颈，由于河棚河两侧大山突然收拢，形成'瓶颈'。相传朱元璋率领大军经过这里，命军士在此扎寨设关，派兵把守，阻挡追兵，'关颈'之名由此而来，后人为图省事，写成'关井'。"

他说："敌人要进攻庐镇关，关井是必经之地，所以，我们可部署一部分兵力在关井。只要把这两个地方守住了，敌人是踏不进我们根据地半步的，因为庐镇四周一道道险峻的大山关隘是天然的屏障，我们只要组织地方武装设卡拦截，及时通报信息，敌人就插翅都难以进入。"

祁荣富的分析很有道理，大家也是频频点头。

祁荣富接着说："这守关井的任务就交给我吧。"

大家相视而笑，随之报以热烈的掌声。

大家相信他，这位从山东走过来的八路军战士，身经百战，有勇有谋，部队里的战士常调侃他："文有智多星，武有黑旋风，有勇有谋祁荣富。"

夜里三点多钟，他带着三十多名解放军战士和地方武装来到了关井。刚驻下不久，天还没亮，侦察员胡世祥就紧急来报，从县城方向已发现敌人向此调动的迹象。

祁荣富开始了紧急布防，到了下午，大量的敌人已陆续抵达关井。

战斗在傍晚打响，敌人三个营的兵力压向了关井。

祁荣富据守关井，身先士卒，打退了敌人一次又一次的进攻。

到了晚上，敌人不敢恋战，开始撤退，祁荣富对关井加固防守。

第二天清晨，战斗重新打响，战士们死守关隘，寸步不让。

战斗持续了三天，敌人看讨不到什么便宜，便准备后撤。这时，广大的人民群众动起来了，他们在敌人后撤的路上处处拦截，祁荣富也组织追击。

在追击的路上，不幸发生了，一颗流弹击中正在观察敌情的祁荣富的胸部，他当场倒下。

看到老营长倒下，战友胡世祥疯了一样地紧张地跑过去。他对其伤口进行了简单包扎后，赶紧骑上战马，抱起老营长，向二十多里外的沈家湾医院赶去。

此时的医院实在是接纳不下任何一个伤员了，但面对受伤的、他们尊敬的老营长，好多战士说什么也要把床位让给他。

祁荣富坚决不同意，他宁愿露宿在野外，也不愿去挤占战友们的床位。

胡世祥知道老营长的脾气，他是绝对不会把好处留给自己，把不便丢给别人的。

"到我家去吧，我来照顾老营长。"冯义华大娘拉住了胡世祥的双手，央求地说。

冯义华大娘把自己睡的硬板床让给了祁荣富，而自己就用木板搭起一张简易床。她说："伤病员睡得板扎些，才能更快康复。"她把家里仅有的鸡蛋拿出来打了一碗汤，送到祁营长的嘴边，轻声地说："喝吧，这样能更快康复，更快地出去打敌人。"昏厥的祁营长睁开了双眼，用嘴抿了一口，感激地望了望大娘，后又昏昏睡去。

他的伤情实在太严重了。不等老营长同意，胡世祥又把他背到了医院。

四邻八乡的群众纷纷赶过来了，慰问这位平时总想着百姓，热心为大家做事的好营长。大家流着泪，把红枣、鸡蛋、老母鸡，还有从山上采集的蘑菇、野菜留给了祁营长。

祁营长又昏迷了，当他再次睁开眼时，望着站在前面的老乡，他的嘴唇动了动，结结巴巴地说："感谢父老乡亲对我们伤病员的照顾和关怀，我祁荣富这一生不能报答你们了……"在场的人无不为之动容。

祁荣富营长牺牲了，因为形势紧急，大家强忍悲痛，从老乡家借来一块木板，对老营长进行了简单的安葬。

战斗还在继续，更多的伤病员相继牺牲，他们被老乡收殓后，埋在沈家屋后、程家屋后、郭新屋后以及附近的山包上。他们大部分人没有留下姓名，没有留下部队番号，也没有留下家庭地址。

战斗仍在继续，为了给牺牲的老营长和战友们报仇，胡世祥像老营长一样，冲在最前面。子弹打光了，胡世祥和战友们就拔出刺刀向敌人刺去，他们的眼睛杀红了，敌人纷纷向后退去，但就在这时，一股敌人从他的后面包抄过来，寡不敌众，胡世祥受伤了，在战友们的救援下，他被送往医院。

胡世祥拒绝治疗，他想追随老营长而去，他有好多的话想与老营长说。

他开始绝食，他听不进任何人的劝说。

"不能这样，小胡。"冯义华大娘拿着湿毛巾给胡世祥洗了把脸，慢慢劝导说："我们解放了，还要生产粮食，还要过上好日子，这都要靠你们解放军，你不能就这样走了，如果这样，就对不起我们老百姓。"大娘说得很在理，"再说了，牺牲的老营长和那么多烈士，我们是不是要隆重安葬一下，是不是要找到他们的亲人，是不是逢年过节时要进行祭奠？"大娘虽然大字不识，但识大体、明事理的话，一句句都说到胡世祥的心坎上。他再也抑制不住泪水，趴在大娘的肩膀上号啕大哭起来。

他要活着，而且要活得更好，为了乡亲，为了老营长，为了牺牲的战友们。

四

新中国成立了，人民解放了，胡世祥的伤好了。

"我坚决不走。"当大部队要开拔奔赴新的战斗前线时，胡世祥留了下来。

"我要与老营长和牺牲的战友们在一起，他们在这里太孤单了，我不能丢下他们不管，我要年年月月与他们在一起，为他们祭奠，为他们守墓。"胡世祥哽咽着说。

烈士们的墓分布在全乡各个地方，程家屋后、王家屋后、程家屋后……胡世祥开始登记整理。

许多烈士没有留下任何有价值的个人资料，姓甚名谁、家庭籍贯没有人能说得清。

胡世祥开始了走访，但他不认识字，好不容易获得的信息过几天又忘记了。不得已，胡世祥学起了文化知识，好在当时新中国刚成立，国家开始大规模扫盲，胡世祥第一个报名参加扫盲班。

不久，他认识了简单的汉字，如胡、祁、张、王、李等字，这些都是战友的姓，他不仅能认还学会了书写，他高兴得不得了，这样，他就能把战友们的基本情况记下来了。

他自己制作了墓碑，把战友们的姓名刻在墓碑上，然后一个一个地找烈士的遗骸和坟墓，但大部分牺牲的战友没有留下姓名，甚至一点信息都没有，老乡只知道他们是解放军战士，牺牲后就埋葬在这里。胡世祥的心都要碎了，他最亲爱的战友呀，为了人民的解放事业，没有留下任何信息，真的是"埋骨何须桑梓地，人生无处不青山"。

在以后的时间里，胡世祥开始为牺牲的烈士"树碑立传"，他给每一个无名烈士的墓都刻上一块石碑，标明"无名烈士"，墓的背面刻上"为了人民的解放事业"。每逢清明节、春节等重要的祭奠的日子，他都要到每一位烈士的墓前献一束花、燃一炷香、烧一沓纸、放一挂爆竹，向烈士们报告新中国成立以来发生的巨大变化，告慰烈士的在天之灵。

一年又一年，他坚持着，为每一座无名烈士墓献花、上香、烧纸、放爆竹，这也成为他不变的传统习惯。

20世纪60年代初，国家已摆脱严重的困难，村民的生活逐渐好了起来。胡世祥开始奔走呼号，他要为牺牲的烈士建一座公墓，这不仅是为了祭奠，还有利于开展爱国主义教育，有利于烈士精神的宣传和传承。

这项要求当然得到了当时公社和大队的高度重视，在群众的积极支持下，安菜山烈士公墓很快建成。这座占地两亩多的公墓，把散落在各地的57名烈士合葬到了一起，并立碑纪念。

1964年的一天，气氛异常庄严肃穆，全体村民早早地来到了新建好的安菜山烈士公墓，为57名烈士举行集体迁葬仪式。

天下起了小雨，大家在雨中致哀。国歌响起，把人们的思绪带回那山河破碎、勇于抗争的日子里。

吃水不忘挖井人，大家把对烈士的深情融化进内心里，融化进血液里。

胡世祥把自己的家也搬到了烈士墓旁，他要践行他的誓言，一生一世守着他最亲爱的战友。

胡世祥每天早晨都要到墓地走一走、看一看，或拔拔草，或培培土，或清扫一下墓上的垃圾。傍晚时，他就一个人静静地坐在墓前，长久地伫立，他像在与战友们亲密地交流。

1969年，一场特大洪水不期而至，在这场突如其来的洪水中，烈士墓上的土层被整个冲走了，棺椁裸露在外。此情此景令胡世祥痛心疾首，不等洪水退去，他顾不得自己的家，就开始了烈士墓的培土维护。他从山上挑来了最有黏性的黄泥土，从早晨到中午，从中午到晚上，不知疲倦地一担担地来回运送，经过一个多月的努力，终于重新垒好了烈士墓。

胡世祥的举动，影响并带动了庐镇乡及周围乡镇的村民。从此，这片烈士墓地成为人们心目中的"圣地"。

胡世祥想查明这些烈士的姓名和籍贯，把每一个烈士的姓名和英勇事迹刻在碑上，但这些来自四面八方、各个部队的最可爱的人，到哪里才能寻找到他们的线索呢？他期待着他们的亲人们来寻找，但几十年过去了，始终没有人前来打探消息。

"先烈们，这里就是你们的家，你们在这里安息吧。"胡世祥告慰着烈士。

从此以后，只要有机会，胡世祥就不厌其烦地向村里人讲述那一场场战斗，追忆那些年轻的生命。在他的带动和感召下，每年清明节，都有数以千计的村民和学生来墓地祭扫、献花。

胡世祥走进了学校，走进了农家庭院，走向了田间地头，他组织了红色义务宣讲队，向大家宣扬红色事迹、红色精神。除了守墓、生产，他把所有的时间和精力都投入了传承红色文化中。

"要让红色江山永固，就要让我们的子孙后代牢记我们的江山来之不易，记住我们的江山是千千万万烈士用鲜血换来的。"他向人们反复宣讲这样的道理。

胡世祥要把烈士的事迹记录下来，让人们永远记住他们，但他的文化水平实在太低了，他急得哭起来。

"叔叔，不要哭，我来帮你。"一个稚嫩的声音让胡世祥特别激动。

这个名叫小强的小学生当时在村里读小学五年级，天天跟在胡世祥后面听故事，早已耳濡目染，看到胡世祥为记录烈士事迹而难过的样子，他主动担当了起来。

从此，这一老一小就开始了烈士事迹的搜集整理工作。白天，他们四处走访，了解当时战斗的情形，了解军民的鱼水深情；晚上，他们就凑到一起，把白天采访到的内容整理出来。可惜，受限于当时的条件，他们无法深入当时烈士所在的部队，更无法了解烈士的姓名和籍贯。但不管有名无名，在胡世祥老人的心里，他们都是自己最亲爱的战友，他要尽好责、守好墓，这是他情感的依托，价值的所在。

五

"找个伴吧，不能一生就这样打光棍。"村民们很同情胡世祥。为了扫墓，为了采访，为了宣讲，他把整个人都豁出去了，经常饱一顿饥一顿，大家都被他那种执着的精神感动了。

"我要同我的战友们永远在一起，再也没有第二个人能进入我的心灵了。"胡世祥淡淡地说。

越到晚年，他就越思念他的战友们，他经常梦见他的老营长祁荣富。梦里，战场上枪声大作，营长冲在最前面，他怎么也追不上。子弹"嗖嗖"地从耳边飞过，营长侧身前进，不断地回头要求他匍匐在地。正在这时，一颗地雷爆炸了，营长顿时血肉模糊。胡世祥一惊，大汗淋漓，他醒了。想到刚才梦里的情景，他的心脏还在猛烈地跳动。

2002年4月的一个傍晚，胡世祥已瘫在床上十多天了，他知道自己再也不能去扫墓了。他噙着泪水，抬起头，望着陵园的方向，看见一棵棵白杨树依然矗立着，一阵风吹来，"呼啦啦"，树叶落了一地。陵园下的河流"呜咽"的声音犹在耳边，这"呜咽"的声响，他已听了几十年，他好想永远听下去，与白杨同在，与河水同在，永远陪伴着他的战友们。

临终前，他已讲不出完整的语句了，断断续续地说："死后，就……把……我……埋在……陵园……附近，我……要……永远……陪伴……我的……战友……们。"说着，他的头一歪，对着陵园的方向，永远地闭上了双眼。

河水呜咽，黄叶满地。村民们尊重胡世祥老人的遗愿，把他安葬在烈士陵园的北侧，头向着他几十年来日夜守护的烈士们。

一生守护，死亦相伴。烈士永垂不朽，胡世祥老人永垂不朽。

丰　碑

一

刘军虽然八十多岁了，但依然精神矍铄。一大早，在鸟儿的鸣叫里，他迈着矫健的步伐登上山坡，来到"九一六"茶园。

"刘叔，早上好！"采茶女们老远向他打着招呼，老刘微笑着回应大家。

采茶女们背着竹篓，双手在茶叶间灵巧地舞动，一片片茶叶早已进了采茶的篮子。茶山上，《北京的金山上》《毛主席来到咱农庄》《没有共产党就没有新中国》等一首首旋律轻快的歌曲飘满山坡，如精灵一样，在茶叶间四处飞动。

"刘叔，来，我们一起采茶吧！"采茶女们向他招着手。

"好，好，我也来采几片茶叶回去泡茶喝。"老刘爽朗地笑着，这笑声，清澈、透明，震动着山谷。

"你们是茶厂的功臣，你想采多少就采多少。无论怎样，要保证你们有茶喝。"采茶女黄小琼快人快语。

"感谢大家一直以来对我们老同志的关照，每到采茶季节，厂里就安排专人给我们送去一盒盒茶叶，这实在是担当不起呀，无功受禄难为情呀。"刘军很谦虚地说。

"吃水不忘挖井人,没有你们那一代的辛劳,哪有现在这满山绿茶呀。"黄小琼感激地望着刘军老人。

老人边采茶边欣赏这满山的音乐,这些老歌曲最能勾起他的回忆,他也跟着哼唱起来:

麦苗青来菜花儿黄
毛主席来到咱们农庄
千家万户齐欢笑
好像那春雷响四方
毛主席关心咱
又问吃来又问穿

这首歌老刘最喜欢听、最喜欢唱。这首歌描述的情景,不正是当年毛主席来到舒茶的动人画面吗?没事时,他总要哼上几句:

家里地里全问遍呀
还问咱民校办没办
主席的话儿像钟响
说得咱心里亮堂堂
主席对咱微微笑呀
劳动的热情高万丈

每每唱起这首歌,都会把老刘的思绪带回到那火热的岁月。

丰 碑 167

> 主席的话儿像钟响
> 主席对咱微微笑呀
> 劳动的热情高万丈
> 说得咱心里亮堂堂
> 主席对咱微微笑呀
> 劳动的热情高万丈

日上中天，采茶女们纷纷抱着装满新鲜茶叶的竹篓，像呵护着婴儿一样，生怕掀翻了、抖落了茶叶，沿着陡峭的山路下了山。

老刘也跟着回去了，他边走边与大家讲述着当年毛主席视察舒茶的情景。虽然大家不知听过多少次了，但每次听来总有新的感悟、新的体会、新的力量。这就是经典故事的力量。

老刘清晰地记得，1958年9月16日，毛主席来到舒茶时那一幕幕动人的场面。

1958年，毛泽东主席巡视大江南北，9月15日，毛泽东主席从武汉乘船来安徽视察，16日下午，毛主席一行在安徽省委第一书记曾希圣和省长黄岩等陪同下，由安庆驱车前往合肥。途中，曾希圣请示主席：前面是舒城县舒茶人民公社，是否下去看看？毛主席点头同意。

十五时五十分，毛主席一行在舒茶公社茶场门前停下，临时休息地方安排在茶场俱乐部。当时县委办公室的潘忠惠担任服务工作，她准备将一块热毛巾递给正在看竞赛栏的毛主席，可是又不敢递，就用手捂着热毛巾，生怕凉了，仰着头站在主席身后。这时候国防委员会副主席张治中说："小鬼，你还不把毛巾递给主席。"毛主席一回头，拉住潘忠惠的手笑着说："谢谢你，小同志。"当时潘忠惠被主席亲切和蔼的态度感动得不知所措，一下子激动得不知该怎么回答，结果冒出一句舒城方言："不客气，不客气"。得知这句方言的意思后，主席拍拍潘忠惠的头，露出会心的微笑。六十年岁月一甲子，当年风华正茂的潘忠惠如今已是年逾八旬的老人，如今每每想起这段往事，仍然激动不已。

舒茶镇以茶闻名，毛主席来到茶场的制茶车间，观看了负责茶叶初制杀青、揉捻、炒茶、烘干等程序的机器设备，在参观完制茶车间后，站在大院中向西边苍翠的青岗岭眺望，社长杨忠应告诉毛主席："有些茶园就在那山坡上。"毛主席高兴地点点头说："以后山坡上要多多开辟茶园。"

毛主席一行自十五时五十分到达舒茶，至十六时五十分左右离开，前后约一个小时。舒茶人民将毛主席休息过的俱乐部作原貌保存，并在茶场大院中栽植一株塔松命名"万年青"，将毛主席眺望的青岗岭开辟成梯式茶园，命名为"九一六"茶园，以示永久性纪念。

二

1966年9月16日是毛主席视察舒茶八周年纪念日，舒茶首次召开4000多人的庆祝大会，这次大会是舒茶人民开工建设"九一六"茶园的动员大会。

大会召开前的一个月，担任公社宣传委员的刘军就接到一个光荣的任务，要为即将召开的动员大会准备文艺节目。

刘军激动得不得了，他连夜制定了一张节目表，在征得领导同意后，就开始召集社员演练。大家白天都在生产队干活，刘军只好利用晚上时间组织社员进行演练。

一阵阵慷慨激昂的歌声吸引四面八方的社员纷纷赶来，他们主动投入这合唱队伍中，《大海航行靠舵手》《没有共产党就没有新中国》《东方红》等旋律激昂的歌曲把人们白天干活的劳累驱之于千里之外。

誓师和动员大会之后,正当大家满怀热情要进行茶园建设时,"文革"爆发了,工程不得不暂停。

时间到了1968年,当时的舒茶革委会正式将"九一六"茶园建设放在首位,成立了由公社主任施发银和县农业局茶叶技师组成的指挥部,全面推动茶园的建设。

听说是为建设"九一六"茶园,广大群众表现出了高度的政治自觉性,积极配合、热情高涨,在协商土地,规划范围,处理社、队土地关系等方面,大家积极配合,群众高度支持。

1968年2月,茶园正式开工建设,人民群众怀着无比激动的心情自发参与茶园建设。

这时的刘军已被批斗,被关进牛棚,遭受了常人难以忍受的痛苦,但无论是怎样的苦难,他都嗤之以鼻,坚信这一切只是暂时的。按照他的话说,他是一个乐天派,相信明天会更好。

但不让他参与茶园建设,是让他最受不了的。他多次向上级写信反映,都石沉大海。他辗转反侧,一连又写了十多封信,终于打动了当时的革委会主任,同意他参与茶园建设。

如何把大坝建得牢、建得好,经得起人民的检验,大家想办法、出主意,刘军也是苦思冥想。

高高的山岗倔强地隆起,孤独而骄傲,任凭风吹雨打岿然不动。千百年来,它就这样俯瞰着这里的人们,似乎人们也奈何它不得。

刘军深知其中的难处,没有可以利用的自然地形,没有现成的经验可以借鉴,教科书上也没有指出可用的办法,要在这山坡上建大坝、建梯田、建茶园,其难度可想而知,刘军想到这里,眉头紧锁。

越是艰难,越能激发刘军的勇气和斗志。他和县农业局农经股长张传殿、县农技师石玉杰等人，勘察地形，设计方案，绘制图纸，规划石坝高度、长度。

三月的天气，乍暖还寒，刘军带着标尺和测量器具，和张传殿、石玉杰等人来到茶山上，一遍遍地计算、测量，方案一个个提出又一个个被否定，从早晨到中午，他们讨论着、思考着。

天气说变就变，一片片雪花飘落到他们的身上，他们浑然不知，一阵阵冷风袭来，他们打个哆嗦，又专心致志地继续工作。

村里的老瓦匠们也过来了，共同参与这项工程的设计讨论。

雪越下越大，他们已成了一个个厚实的雪人。刘军对着雪花沉思着，他突然看到前面有一座石桥，是一座拱形的石桥。石桥如弯弯的月亮拱在那里，是那样的坚固和美观。

"我有办法了！"刘军突然冒出一句话，把在场的人吓了一跳。

他兴奋地指着前面的石桥："这石拱桥，不就是我们用传统的垒坝工艺垒起来的吗？几十年来，千人踩万人压，它依然屹立不倒。我们何不采取拱形造坝，这样既能增加抗塌强度，又经久耐用，还有美学效果。"

大家被他的观点启发了，在经过一番讨论和研究后，大家都非常认可这样的办法。

大家将这个办法上报给了县委，领导们也对这样的"土法"和"洋法"相结合的垒坝工程高度认可，随即进行了批准。鉴于刘军对这项工程的特殊贡献，县里随即摘掉了他的"右派"帽子。

三

当时舒茶有9个大队，每天出工人数不少于500人，最高峰时多达

1000人。他们自带生产工具，自带口粮，不要生产队给的工分。大家总是抢着早上第一个来，晚上最后一个走，中午也不休息，看谁干得又多又好。有的人为了表现积极，夜里偷偷去干活，第二天人们发现怎么一夜之间工程被推进了这么多，这时，谁也不会主动说这是自己干的，他们觉得做无名英雄更光荣。以致后来，有的积极分子晚上就睡在工地上，随时起来干活。

就在工程如火如荼地推进时，他们遇到了一个极大的难题：大山胸前的一块硕大的岩石横亘在大家的面前，任凭锤头砸、众人铲，它依旧纹丝不动。

"我从远古走来，你们能把我怎么样呢？"大石块似乎在嘲笑着众人。

"只有爆破，否则没有其他办法可以撼动它。"负责指挥的舒茶公社副书记施发银给出了结论。

爆破是一项相当危险的工作，村里很多人缺乏爆破经验，但建设茶园，爆破是一项必不可少的工作。派谁去呢？这可叫施发银伤透了脑筋。

他知道，只要一声号令，大家就会争先恐后地要去爆破，但为了大家的安全，他在心里琢磨着爆破人选的必备条件：有技术、有经验、身体好、思想红、胆大、心细。他躺在床上，翻来覆去地思考着，一时半会很难找到合适的人选。

自刘军被摘掉"右派"帽子后，他劳动更积极了，每天天不亮就起来到工地上，带上两个馒头和一个窝窝头。他的话很少，闷着头干活，他怕过多的闲聊分散他干活的注意力。他的专注和内敛，吸引了大家的目光。由于用力太猛，他的汗水早已浸透了衣服。他脱下外套和内衣，一块块健壮有力的肌肉袒露在人们的眼前。他把一块大手巾扎成条形状，搭在肩膀上，避免挑担给肩膀带来的摩擦性损伤。看到乡亲们热火朝天劳动的场面，他想到电影中群众支前的情景，这盛大的劳动画面，丝毫不逊于当年支前的火热岁月。

刘军明显感觉工程进度变缓慢了，虽然他只能闷闷干活，但他对茶园的事特别关注。这是为民造福的事呀，这是毛主席指示的事呀，他始终以满腔热情推动茶园的建设。他怎能不牵肠挂肚放在心上呢？但工程进度放缓令他寝食难安。

"施书记，爆破我来干，我爸就是放炮能手，全村人都知道，从小我就帮我爸放炮，这玩意儿我懂，就让我干吧。"刘军言辞恳切。

施书记何尝没想到刘军这候选人呀？按照他列的条件，刘军是最合适的人选，这么多年来，村里大大小小的爆破都是他们父子俩完成的，并且没有出过一次事故。他们的人品也是高尚的，在村民中有着极高的威信。但刘军刚刚摘掉了"右派"的帽子，组织还在考查中，把这重要的工作交给他做，能行吗？

"放心吧，这事交给我吧，我保证完成任务。"刘军不会过多地表白，他只能用这简单和豪迈的誓言表达他的决心。

看着眼前的汉子，想着他一向的朴实和低调，想着就在前段时间，他还在为茶园建设设计绞尽脑汁的情形，施书记断定刘军就是最合适的人选。

"好吧，就交给你干吧。"虽然只是简单的一句话，轻轻吐一口气能吹走，但在刘军的心里，如同一记响雷，这是组织的信任，对他的认可。

这位"土发明家"，擅长对各种工具进行改良，现在的刘军一头钻进了爆破工作里，他没日没夜地钻研着，有时爬到大坝的顶上，有时窝在巨石的洞里。这么大的巨石要一次性炸破，还要不伤及周围的群众和庄稼，他可不敢懈怠，只有万无一失，绝没有万分之一，他给自己制定了最严格的要求。

滴水穿石、久久为功。他对各种爆破工具进行了改良，发明了一种"歪屁股炮"，专业术语叫"定向爆破"。他以小剂量试爆几次，非常成功。

那天，刘军要进行正式爆破，他攀爬到山中央的岩石掩体中，把炸药运送过去，连上引线……随着震天的巨响，这半山的石块飞向了山下，不偏不倚严严实实地掉在了山下的洼地里。

人们纷纷赶来，他们被眼前的这一幕惊呆了：巨石早已不翼而飞，好像切除了附在大山身上的一块肿瘤，山风阵阵吹来，让人们感到如此的清爽和愉悦。

大家又一次投入工程的建设中，这些朴实的群众，怀着建设社会主义的热情，怀着对领袖的爱戴，在春与夏的交响乐中，在秋与冬的轮替中，奏响了茶园建设的合奏曲。经过两个冬春的奋战，于1969年隆冬完成了第一期工程。

让我们记住为建设"九一六"茶园而无私奉献的先进人物吧：舒茶公社副书记施发银同志，抱病工作，风餐露宿，废寝忘食，既当指挥员，又做战斗员，和儿子施启明一起奋战在工地上，成为两代同上青岗岭的楷模。县农业局农经股的张传殿，茶叶技干石玉杰、陈超亚同志，"九一六"工程建设副指挥慈永富、陶中和以及茶厂的唐庆功、胡贤成、陈发礼、陈正武（红旗）等同志，默默地做了大量的工作。还有两位普通社员，一位是王习友，带伤上工地劳动，拉石块拉得脚肿得不能穿鞋，仍赤着脚坚持了一个多月；另一位是汪永成，挖石坝地基以后，地基积水严重，寒冬里的冰水刺骨钻心，他奋不顾身跳下地基，搬运石块，嘴都冻得发紫，还在坚持劳动。让我们感动的第一任茶场场长陈正武、第二任场长吴福广、砌坝能手孙吉庆、放炮高手张保柱以及孔德怀、朱明义、汪贤广、钟庆朝、张俊禄、凌为长等，虽然家在附近，但为了加快进度，他们几个月都没有回家，他们以自己的奉献精神赢得了后人的尊敬。

四

八十多岁的刘军这几年身体越来越硬朗，能吃能睡能走路，每天都乐呵呵的。他每天最大的享受就是到"九一六"茶园走一走、看一看。他以一个老农特有的朴实，常常感慨地说："我活了八十多岁，从没遇到这样好的社会，这好光景让我们遇上了，真亏有了共产党呀。"

他向游客介绍这茶园的前世今生，滔滔不绝地讲解着当年战天斗地建设茶园的激情岁月。每当有学生组团前来时，老人就特别兴奋。他常拉着小学生的手，走进毛主席视察舒茶纪念馆群的每一栋建筑。

"这是毛主席的休息室，毛主席就是坐在这躺椅上休息的。"

"这是毛主席用过的茶杯。"

"这是毛主席观看过的舒茶远景建设模型。"

"毛主席就曾在这棵万年青旁，遥望茶山，发出'以后山坡上要多多开辟茶园'的伟大号召。"

刘军老人的肚子里似乎有着用不尽的墨水，他带着孩子边走边看，每一个地方都有一个精彩的故事。毛主席视察舒茶时的照片、文献资料，毛主席坐过的椅子、用过的茶杯以及人民公社时期的生产生活器具等实物，似一部部历史纪录片，不知不觉间将孩子们的思绪引入那似火的年代中。

他还带着孩子们一起登上茶园的山顶，俯瞰美丽乡村的壮观场景。

刘老爷子的故事讲完了,孩子们还不罢休,拽着他的裤子,央求他接着讲。

"老爷爷,再讲一个,再讲一个。"这稚嫩的声音让刘老爷子哈哈大笑。

"好!好!我今天讲个够。"他抚摸着小朋友们的头,又开始讲起了一个个红色故事。

刘军成了一名红色宣讲员,这成了"九一六"茶园的一道亮丽的风景线。

他不仅讲过去的激情岁月,还讲现代的茶园建设。

翠绿、葱茏,不足以形容它的绝美,雄伟、壮观,不足以彰显它的霸气!

8000多亩的茶园、36家茶厂、218家茶庄、数十里的茶叶销售长廊,舒茶成了蔚为壮观的茶叶生产、销售中心地带,产品销往全国各地及日本、韩国等东亚国家。

最令舒茶人民自豪的是,在乡村振兴的推动下,舒茶人民先后培育出两个国家级茶树良种(舒茶早、山坡绿)和一个省级茶树良种(特香早),在全国产茶区引种有80多万亩;研发的"舒茶早芽""山坡兰香"等系列名优茶在"中茶杯""国饮杯"等国内外茶叶大赛中数次获得至高荣誉。名优茶主产区和研发区——"九一六"茶园被评为"安徽省生态农业与休闲旅游示范园"。

刘军老人把这最新的发展成果也编进了他讲解的故事里,他带着游客们参观美丽乡村,参观当地的付冲水库,参观这里的天子寨,这里的每一个景点他都如数家珍。

把红色精神传承下去,把绿色发展推介出去,把旅游景点宣传出去。这就是老人奋斗的动力,他要为此而努力。

"我要再活个五十年，只要能动，我就要出来讲。"老人很是乐观。

五

2016年4月23日，又是一个不同寻常的日子，这一天，毛主席的女儿李讷重走毛主席当年视察舒茶的路线，同时，参加第二届六安茶谷·舒城兰花谷开茶节暨毛主席视察舒茶纪念馆升级改造开馆仪式。

这一天，雨下得好大好大，像从天上倒下来似的，一直到中午才稍微停歇。滂沱的大雨似乎表达着人们对毛主席的无限思念，正如毛主席在诗词中所表述的："泪飞顿作倾盆雨。"

但无论多大的雨，也挡不住人们一睹毛主席的女儿李讷的热情。天刚刚亮，人们就撑着雨伞，成群结队地来到了街上。他们还在相互转告着："毛主席女儿来我们舒茶啦！快来看看呀！"

雨还在疯狂地下着，聚拢到舒茶的老百姓也越来越多，整个街道都站满了人，他们翘首以盼："李讷，你在哪里？"

"来了！来了！"不知是谁喊了一声，果然，一辆黑色的车子向毛主席视察舒茶纪念馆徐徐开来。顿时，人群就像炸开了锅，大家欢呼着、尖叫着，纷纷拥向纪念馆。值勤的民警用身子竖起了人墙，尽量阻止人群靠近李讷乘坐的车辆。当李讷从车里出来，坐上轮椅时，立即是强光一片，原来是人们纷纷拿出相机、手机在拍照，有的人一个劲地往李讷身旁挤，多想与其合影。被挡在纪念馆外的人们，踮起脚，伸长了脖子，也拿出手机远距离拍摄。

雨越下越急，但活动照常进行。在毛主席视察舒茶纪念馆的广场，李讷与舒城县委副书记、县长张秀萍共同为"红日照舒茶"主题景观石揭幕；随后，李讷等与会嘉宾先后向毛主席铜像敬献花篮和鲜花。

在毛主席视察舒茶纪念馆，李讷等与会嘉宾进行了集体参观。在仔细聆听讲解的过程中，李讷时而询问主席当年视察舒茶时的相关细节，时而摘下眼镜，抹去满含深情的泪水，并与主席当年视察舒茶时的服务人员潘忠惠老人亲切交谈。潘忠惠老人已经八十多岁了，她说起当年接待的情景，仍激动万分。她说："我至今身体硬朗，牙齿完好，这是托了毛主席的福呀。"

活动期间，李讷、王景清夫妇分别为舒茶镇题词"茶源""舒城名茶"；中国关工委副主任张文范宣读授予"舒城·舒茶"爱国主义教育基地并授牌；部分北京书画界名家分别向舒茶镇赠送书画作品。

相聚的时间总是短暂的，李讷的车要走了，人们又一次如潮水般涌向了她的周围，想再看李讷一眼，大家纷纷挥着手，难掩深情地说着："再见，再见。"车远去了，人们还呆呆地站在原地，挥手告别。

飞霞已去，天地留形

一

"世界上什么问题最大？吃饭问题最大。什么力量最强？民众联合的力量最强。什么不要怕？天不要怕，鬼不要怕，死人不要怕，官僚不要怕，军阀不要怕，资本家不要怕。"每每读到这段激动人心的语录，金飞霞总是热情澎湃，语录激起了他为革命、为民众奋斗的热情和力量。

"孩子，我们只要过好自己的生活，哪能管社会上那些事呢？砍头的事更不能做。"母亲总是在少年金飞霞的耳边唠叨。

"妈妈，你放心好了，我们做的都是正义之事，都是让大家过上幸福生活的事。"金飞霞向妈妈扮了个鬼脸，又跑得无影无踪。

"都是你把儿子带'坏'了，你看儿子现在一天到晚都是青春中国、青春世界的，我真不知道儿子这样下去会走上什么样的道路。"妻子又开始责怪丈夫。

妻子的责怪和担心是有一定道理的。

1910年，金飞霞出生于安徽省舒城县南港镇一个地主家庭，家里按辈分给他起名金传印，后又改名金石焘、金石刚。他家是当地的大家族，其父亲金沛之是有名的士绅，人们纷纷前来道喜。

"把这些礼金都退回去吧！"金飞霞的父亲金沛之以不容置疑的口气命令道。

"为什么呢？这是乡亲们间的人情往来，也不是我们偷来的、抢来的。"金沛之的妻子不理解。

"现在兵匪、水患，还有苛捐杂税，乡亲们都快活不下去了，要多替他们着想。"

妻子简直不敢相信，平时非常吝啬的当家人突然这么有境界、有觉悟，还能说出这么多大道理。

后来，妻子越发觉得丈夫"危险"。

家里的客人越来越多，南来北往的，有的还操着外地口音。金飞霞像个跟屁虫跟在大人身后，偷偷地听他们讲什么"革命、除军阀、打土豪、分田地"之类的。每次爸爸从外面回来，总夹个公文包。金飞霞很好奇，一次，他偷偷打开，发现竟有《新青年》《每周评论》等杂志。他悄悄打开，躲在角落里，如饥似渴地阅读起来。

小小的金飞霞就是在这样的环境下慢慢成长起来的。

1924年，年仅十四岁的金飞霞在村里读过三年私塾后，考入舒城城关第一高等学校。

老师说，金飞霞成绩很优秀，是个好苗子，就是不安分。好几次，老师发现他悄悄阅读"危险书刊"，不动声色地把书没收了，但老师爱惜他这个人才，没有向上举报，只是把他的爸爸找来，教训了一番。但没想到，爸爸给了他更多这样的"危险书刊"，并教他怎样背着老师阅读。

两年后，金飞霞又考入南京安徽中学读书，1929年，他辗转进入武汉大学。

进入大城市的学校读书后，他的视野更开阔了，他进一步了解了当下的形势，自觉地学习马克思主义著作，产生了强烈的忧国忧民意识。

"这是吃人的社会，一定要来个大改造，否则中国将没有前途。"

"文明其思想，野蛮其体魄。心力、体力合二为一，世上事未有不成！"

"新青年的六条标准分别为：自主的而非奴隶的、进步的而非保守的、进取的而非退隐的……"

他认真记录着一条条学习得来的语录，以强化精神上的滋养。他担心条件较好的学校生活终将使自己懈怠，于是他每天早晨都坚持跑步，用冷水洗脸或洗澡。他坚信：救吾国者，唯有我等当代青年也，吾辈自当奋发、意志坚定，而切不可产生丝毫偷懒、浮躁之气。

金飞霞向往共产党，虽然这是非常危险的，因为刚刚发生的"四一二"反革命政变，让他也感受到了腥风血雨。

"越是艰难，越要向党靠拢。""疾风知劲草，板荡识诚臣。"金飞霞激励着自己。

他积极参加党在学校设立的地下组织，帮助开展各种进步活动。

党早就注意到了金飞霞的表现，安排一个人与其单线联系，并实行考察。

1930年，金飞霞光荣地秘密加入了中国共产党。

二

1930年，一个星期天的上午，还在武汉大学读书的金飞霞受党的委派，到汉口参加党的会议。

他假扮成做苦力的，向接头地点走去，轻轻敲了敲门。正要推门而进时，躲在里面的特务突然冲出，把金飞霞逮个正着。

"不好意思，我走错门了。"金飞霞急中生智，意欲离开。但特务不由分说，抓住他不放，并把他送进了大牢。

"识时务者为俊杰，把你知道的共党情况如实招来，保你荣华富贵。"敌人想来软的。

"我只是做苦力活的，不知什么是共党分子。"金飞霞很是从容淡定。

"好吧！敬酒不吃吃罚酒，那就大刑伺候。"敌人发出了狞笑。

审讯从早上到晚上，皮鞭、老虎凳，甚至竹签都用上了，但敌人还是不能从金飞霞的嘴里得到任何消息。

皮开肉绽的金飞霞奄奄一息，敌人只好给他戴上脚镣手铐，打入死牢，并在《铲共半月刊》登载了一则启事，意思是"顽固"共党分子金飞霞即将接受审判。

但就在这时，负责审判金飞霞的叛徒和抓捕他的特务为了一个女人发生了内讧，特务打死了叛徒，然后乘机逃之夭夭。结果，审判就不了了之了。

在没有审判的情况下，葫芦"官"乱判葫芦案，金飞霞被判"危害民国"罪，监禁五年，但当时民国法律中规定二十四小时算两天，因此他坐了两年半国民党监牢就出狱了。

出狱的当天，金飞霞就准备再到学校学习。为此，他自造了一个"武大"转学证。凭着这张转学证，1932年秋天，他考入了上海大夏大学政经系。不久，他就联系上了沪西党组织。

在学校，他积极宣传马克思主义，宣传共产主义思想。学校发现他的异常情况，就以他伪造转学证为由，勒令他退学。

退学后的金飞霞并没有闲下来，他在党组织的领导下，更积极地发动学生、工人运动。1933年的五一节就要到了，党组织准备利用这个节日，广泛开展抗日宣传和游行示威活动。"九一八"事变以来，国人的胸中积压了太多的怒火。"要抗日，不要内战"成为全国人民的强烈呼声。

五一到了，在地下党组织的领导下，游行队伍浩浩荡荡地向上海市政府进发，金飞霞走在队伍的最前列，他带领大家呼喊口号。队伍士气高昂，人们太需要一吐心中积压已久的愤懑和不满。当队伍行进到斜桥西大林路时，上海市警察局早就张网以待，但大家无所畏惧，还是一往无前地向前行进。金飞霞和一部分同志上前与警察理论，但警察以谈判为名，把他们全部扣留。

警察非法扣押学生的行径激起了全市人民的愤慨，大家义愤填膺，拥上街头，声援学生。在民众的压力下，同时在党的营救下，国民政府虽百般狡辩，但在半年后，当局只好将金飞霞等要求抗日的学生释放。

1934年春，金飞霞又来到了中国公学大学部读书。

这天早上，他要参加一个宣传活动，匆匆赶往学校，警察觉得他形迹可疑，将其拦下进行搜查。

"这是什么？"警察指着从他身上搜出的宣传品问。

"我也不知道是什么玩意，刚才走路时人家塞给我的。"金飞霞死不承认。

"走，到警察局走一趟。"金飞霞又一次被带到了警察局。

他被关进了"反省院"。

"反省院"是专门关押共产党员和有左倾倾向的革命人士的地方，是由国民党特务控制的，他们制定了一系列反省制度，其主要目的就是对反省人士进行反革命思想灌输，使之受到"感化"放弃革命理想而变节。

"这是十分恶毒的反革命制度，我们一定要揭穿他们的阴谋。"刚来到"反省院",金飞霞就与广大"反省人员"秘密商量。

每次上课,金飞霞和一批共产党员就在底下捣乱,让课无法讲下去。下课后,他就向大家宣讲唯物论和革命道理,揭露反动派的"攘外必先安内"的反动政策真面目,宣传共产党的抗日主张。

"反省"只是教育反省而已,通常是半年时间,但这次,他们把金飞霞多关押了半年,因为金飞霞坚决斗争的行为让国民党反动派大为"光火",直到国民党因为"围剿"苏区,把两千多同情、帮助革命的普通老百姓也押到"反省院",人满为患时,才将金飞霞释放。

三

金飞霞第三次走出国民党的监狱,他决定不去读书了,他要寻找革命的新天地。

金飞霞想到了陈独秀的《新青年》,想到了李大钊的《每周评论》,还有毛泽东的《湘江评论》,认为他们的思想、文章鼓舞了全国人民,形成了马克思主义思潮。正是在他们的影响下,包括他自己在内的千千万万的人民才走上革命的道路。

上海,不仅是中国的经济中心,还是左翼作家文学活动的主阵地,金飞霞在搜寻着革命文化的气息。

"我们办一份刊物吧,宣传革命思想,鼓舞全国人民的抗日精神!"这天晚上,金飞霞与左联作家章汉夫、杨放之一起讨论。

"思想的力量是无穷的!"他们好像有着默契,"武装亿万人民的思想,形成一股磅礴的力量,推翻这个腐败、无能、堕落的黑暗社会,中国才有希望,中国人民才有希望。"他们积极响应着。

"刊物名称要中性一点,不然很容易遭到查封。"金飞霞建议道。

"那就叫《中国论坛》。"章汉夫提议道。

"我赞成,《中国论坛》应如同花草的种子,被风吹散到全国各地,在那儿开花结果。"金飞霞很有信心。

1936年春季,乍暖还寒,金飞霞坐在潮湿、阴冷的房间里,他正在奋笔疾书,为《中国论坛》撰写创刊词:

"革命的洪流已奔腾于长城内外、黄河两岸、长江之滨,苦难深重的祖国唯有凤凰涅槃,才能浴火重生。救国者,需要千千万万人的觉醒,需要亿万人民大众的奋起。……古人说:'民不畏死,奈何以死惧之。'我们要勇敢、坚决、彻底地向反动堡垒冲锋,讨伐之、打烂之、砸碎之、重建之。我们死都不怕,还怕前进道路上的艰难险阻吗?还怕反动派的魑魅魍魉吗?没有什么能阻挡我们前进的脚步,胜利一定属于最早觉醒的人、勇敢冲锋的人、最不怕死的人!"

出份刊物是很不容易的,为了办成一份有影响力的刊物,他们约了一些知名人物撰稿,但往往不能及时收齐稿子,金飞霞只好自己连夜赶稿。他白天事情多,只有在晚上赶稿。

上海夏天的夜晚,蚊虫特别的多,即使很热,金飞霞也只好穿条长裤子,把身上裹个严严实实,一手拿着扇子,一手奋笔疾书,经常写到半夜。

一篇篇风格明快、内容精深的文章如黑暗中的一抹亮色,照亮了沉沉黑夜,在社会上引起了较大的反响。

大家分工明确,金飞霞负责筹稿、审稿、编辑、校对。排版、印刷的事就交给章汉夫和杨放之了。

"卖报了！卖报了！"每次印制好后，金飞霞就如同孩子一样，到街上叫卖。有时，他还在人员聚集的市场和街道，向大家宣读报上的内容。"抗日则生，不抗日则死！"他滔滔不绝的演讲，总能吸引众多的市民前来围观。维持秩序的警察一看这阵势，就赶紧驱赶，但群众反而越围越多。大家对警察怒目相向，警察也只好灰溜溜地离开了。

充满了革命精神的《中国论坛》引起了反动政府的恐慌。

"《中国论坛》严重危害党国，从今年起，立即停刊！"这天早上，金飞霞正在印制刊物，十多名全副武装的警察突然闯进来了。

金飞霞示意大家把最后一份刊物印好，把机器整理好后，便换了一套衣服，跟着警察离开了。

《中国论坛》被勒令停办，金飞霞再次失业。

四

1937年的春天，中国的形势越来越危急，日本觊觎华北已久，战争的阴云笼罩在全中国的上空，但国民党反共的脚步丝毫没有停止。

这天傍晚，金飞霞刚回到借住的公寓里，发现特务早已候在门口了。

"到警察局去一趟！"不容金飞霞分说，几个人就架着他离开了。

国民党上海市特别党部以金飞霞从"反省院"出来后，从未去特别党部报到为由，向警察局指控，于是，金飞霞第四次被捕。

但这次金飞霞算幸运的，因为时势风云变幻，"七七"事变爆发，抗日民族统一战线迅速形成，半年不到，金飞霞被释放。

"国共合作抗日，正是需要人才的时候，我要回到党的身边工作。"这是金飞霞出狱后梦寐以求的。

他找到了夏衍，在办《中国论坛》刊物时，他们曾多次探讨过文章，可谓既是战友，又是文友。在夏衍的介绍下，金飞霞来到西安八路军办事处工作，不久，又被调到山西省临汾县八路军驻晋办事处学兵大队二区队任政治教官。1938年2月，调八路军总司令部任秘书，在朱德、彭德怀、左权等领导下工作。后来，金飞霞又被调任八路军一一五师三四四旅宣传科长。

金飞霞似乎天生就是一个开拓新局面的人。当时正处于抗日战争的相持阶段，三四四旅在坚持抗日之外，更多地担负起宣传思想、组织民众之责。金飞霞就挑选部队里十多个年轻的有文化的战士组成宣传队，每到一地就开展抗日宣传工作。

这时的部队不仅战斗频繁，常常还要急行军。宿营后，最忙的就是炊事班和金飞霞的这个宣传队了，他们刷写标语、组织演讲、开展演出，把共产党的抗日主张尽可能地向民众宣传，让党的政策主张飞进寻常百姓家。

一次，部队在山东休整三个多月，金飞霞和宣传队大张旗鼓地宣传八路军的抗日主张，并参与减租减息工作。金飞霞生活体验最深，他根据当地的语言特点，编写话剧并上台表演。这部话剧讲述八路军战士在坚持抗日的间隙，帮助乡亲割稻、挑水、打麦，最后牺牲在抗日战场的故事话剧在每个村庄巡回演出，引得百姓争相观看。

在这短短几个月时间里，这里就出现了前所未有的新气象，许多青年人积极要求参加八路军，甚至出现有个村庄一次参军超过百人的盛况。"母亲叫儿打东洋，妻子送郎上战场。"乡亲们以此表达对共产党、八路军的热爱和拥护。

不仅穷苦百姓纷纷加入八路军，这里的开明绅士更响应八路军的号召，有钱出钱，有物出物，帮助八路军筹集钱粮。

后来，部队为了打破敌人的碉堡囚笼政策，开始组织反"扫荡"。

"我要以笔为枪，把战士勇于抗日、不怕牺牲的精神宣传出去。"每次战斗，金飞霞总要向首长提出到一线采访的要求。

"你不要胡闹可好？那不是你去的地方，子弹可没长眼睛。"首长总是打断他。

"我也是战士，是带笔的战士。"金飞霞据理力争。

"好了，好了，你去吧，但要注意安全。"首长理解他们宣传干部的参战热情。

"夜晚，经过一天埋伏，战斗终于打响了，战士们于丛林里跃出来，一颗颗手榴弹被投向了敌人。敌人的飞机向我方阵地狂轰滥炸，战士们冒着密集的炮火，如猛虎下山，带着刺刀冲向敌群，这是一场残酷的厮杀……打扫战场，有的战士抱着敌人倒在了一起，血肉模糊，很难分开；有的战士临死时，嘴里还咬着敌人的半只耳朵；有个战士在战壕里发出痛苦的呻吟，我们赶紧将其救起……"金飞霞记下当天战斗的情景。他愤愤地写道："残暴的日本军侵华，你为什么要犯我中华？我们要团结一致，将你驱逐出中国。"

金飞霞没有等到赶走日本鬼子的那一天，四次牢狱经历的摧残，让他的身体受到了极大的伤害，后来，高强度的工作更让他积劳成疾。他的病越来越严重，但他不愿意歇息。"革命工作需要我，时不我待！"每次，他都这样给自己打气。

1940年4月，在河北省清丰县穿越铁路封锁线时，因长途急行军体力不支，金飞霞病逝于大屯村，时年三十岁。

"天地有正气，杂然赋流形。下则为河岳，上则为日星。于人曰浩然，沛乎塞苍冥……"这是金飞霞最喜欢的《正气歌》，他何尝不是一身正气呢？飞霞已去，天地留形。

钟读恩
——铁血丹心尽化江山秀

一

1982年的清明节,一辆吉普车带着风尘,驶进舒城县百神庙镇,在一排农舍前停下。车门慢慢打开,从车上下来一位银发老人。老人低头踩了踩脚下的土地,昂首看了看天空,又慢慢将目光落在田野、树木、村庄上,似乎在细数这里的一切,不放过一草一木,一抔土,一滴水。老人目光深邃,情意绵绵,泪水扑簌扑簌地落下。

这位老人叫钟读斌,又名沈剑平,沈阳军区装甲兵政治部原主任。老人是百神庙镇人,此番是他阔别家乡四十四年后首次回到家乡,踏上家乡的土地。

钟姓是百神庙镇的大姓,钟读斌是从百神庙镇走出去的一个"革命人物"。大家听说钟老回家乡来了,奔走相告,一起拥了过来,拉着钟读斌的手吁长问短。村里的干部也赶过来招呼钟读斌这位从家乡走出去的"老革命"。

钟读斌看着一张张乡亲们的面孔,倍感亲切,他哽咽着说:"我回来了,我回来了。"

村里的老人问他:"四十多年过去了,家乡变化大吗?"

钟读斌感慨万千地点头答道:"大!"

乡亲们纷纷拉着钟读斌去自己的家,钟读斌一一婉拒道:"我想一个人走一走,看一看。"

钟读斌撇下乡亲,撇下随从,一个人在村前屋后漫步,在田埂河堤徜徉。

钟读斌走了很远很远,他在寻找四十多年前的影子,四十多年前的气息。四十多年前,他跟自己的兄弟钟读恩在这块土地上一起摸爬滚打,一起从这儿出去,参军、入党、打仗,走上了革命的道路。在漫长的革命生涯中,这里也留下了兄弟俩战斗的足迹。

如今他回来了,亲眼看到了家乡翻天覆地的发展变化。可是兄弟钟读恩却把宝贵的生命献给了革命事业,用铁血丹心换来锦绣江山。

钟读斌思绪翩跹,弟弟钟读恩的身影又浮现在眼前,令他悲伤不已,坐在田埂上不禁啜泣起来……

二

钟读恩,1911 年出生于舒城县百神庙镇。父母是老实巴交的农民,生活非常困难,却重视对孩子的教育,砸锅卖铁将两个孩子——钟读斌、钟读恩送到学堂读书,希望他们有朝一日出人头地,过上好日子。钟读恩从小聪颖,与哥哥钟读斌朝夕相处,兄弟俩感情深厚。1937 年钟读斌从安徽省黄麓师范学校毕业,到霍山县教书;钟读恩正在舒城中学读书,成绩突出。可是父母还没来得及看到孩子有多大出息,享到儿子的清福,却已被生活压垮,因贫病交加,相继去世。安葬好父母后,钟读斌决定带弟弟钟读恩一起去霍山。钟读恩没有了生活依靠,只好辍学，跟随哥哥远走他乡。

此时抗战全面爆发，新四军四支队开始在舒城、霍山一带活动。国家兴亡，匹夫有责，兄弟俩深深感到天下之大已安放不下一张课桌，一腔热血在胸中燃烧。当兄弟俩看到新四军是抗日队伍时，毅然决定抛下工作和学业，一起参加新四军四支队，成了四支队的一对兄弟兵。

参加新四军队伍，兄弟俩兴奋得彻夜难眠，他们渴望拿起枪杆，到前线杀敌，亲手把日本鬼子赶出中国。可是两人却没能去战斗部队，而是被分配到战地服务团。战地服务团是开展宣传和民运工作的机构。此时文化人才匮乏，部队首长这是考虑他俩是"文化人"而做出的决定，可以说是人尽其用。但是兄弟俩却想不通，钟读恩更是闹起了情绪，还哭起鼻子，要找首长，让他进入战斗部队。

钟读斌毕竟是哥哥，文化水平高，思想觉悟也高，很快领会了首长的意图，耐心地做起钟读恩的思想工作，坦诚地劝说道："弟弟，战地服务团是抗日队伍的重要组成部分，我们在战地服务团做好工作，同前线作战部队一样，都是为抗日做贡献啊！"

钟读恩信任哥哥，很快认识到了战地服务团工作的重要性，安心工作。钟读恩对钟读斌说："哥，你比我有文化，要多帮帮我啊！"

钟读斌击了下钟读恩的手掌说："没问题。"

从此之后，钟读恩就加入抗日宣传和民运工作之中，当看到中国老百姓抗日情绪高涨，积极要求参加抗日队伍时，钟读恩更加深切地感到自己的工作特别有意义。钟读恩也越来越觉得提高文化水平和思想觉悟的紧迫性，他成天跟着钟读斌学文化，文化水平和思想觉悟不断提升。

一天，钟读恩与钟读斌坐在油灯下读书。钟读恩手捧着《共产党宣言》，仰望着星空说："哥，咱们新四军是共产党领导的队伍，我如果有朝一日能加入中国共产党，那该是多么令人自豪、多么光荣的事啊！"

钟读斌已经是共产党员，他以自己的思想和行为影响着钟读恩，兄弟俩在战地服务团朝夕相处，钟读斌通过帮助弟弟进行文化课学习，引导钟读恩提高自己的思想水平。

1938年10月，钟读恩字斟句酌，写了一封入党申请书，郑重地双手捧给钟读斌。在钟读斌介绍下，钟读恩加入了中国共产党，在鲜艳的党旗前举起了拳头，向党庄重宣誓。

三

1939年2月，钟读斌匆匆找到钟读恩道别："弟弟，我要离开战地服务团了，部队首长抽调我去政治部组织科。"

钟读恩也兴奋地说："哥，我正要找你哩，我刚接到通知，上级要调我去组织部总务科！"

兄弟俩相视一笑，钟读斌问道："天下没有不散的筵席，我们兄弟要分开了，你是什么态度呢？"

钟读恩语气激昂地答道："只要革命需要，党让我去哪儿，我就去哪儿！"

谁也想不到，兄弟俩自此一别，再没能见面。

1940年3月，上级领导将钟读恩叫过去。钟读恩预感到他将有什么重要任务，连忙赶到团部。团部首长打量了下钟读恩，拍了拍他的肩膀说："当下抗战处于艰苦时期，党的工作尤其重要，连队急需思政干部，以加强基层党的领导。团部研究决定，派你下连队，担任连指导员。"

下连队一直是钟读恩的愿望，这么多年的政治学习，钟读恩的思想觉悟已经大大提高，他知道这是首长对他的信任，他肩负着党组织的重托。钟读恩响亮地回答:"请首长放心,我到战斗一线不仅仅是与敌人作战,更重要的是执行党的指示,带领战士们去作战!"

首长满意地点了点头,向钟读恩还了个礼。

因为战斗需要,钟读恩取了个化名:金重。

金重来到连队,连长拉住金重的手,激动地说:"我们连队正需要文化人哩!"

金重放下包袱,立即投入工作,他了解到连队战士文化程度低,思想觉悟有限,便给战士们补习文化课,同时组织政治学习,他还把自己所学到的军事理论倾囊相授。连长和战士们都受益匪浅,许多战士感慨地说:"打了那么多仗,没想到还有这么多道理。金指导员说得还真是。"

战士们很快就喜欢上了金重,连长更是向金重竖起大拇指,说首长给他送来个"诸葛亮"。金重则在与战士们一同摸爬滚打中学到许多战斗经验。

金重与连长一起带领战士们研究战术,战法灵活,或伺机伏击,或主动出击,打了许多胜仗。连长说:"指导员,自从你来到连队,队伍的战斗力大大增强了!"

金重深有感触地说:"战斗力来自战士们的思想水平和精神状态。"

1940年12月,周家岗战斗打响。日伪军2000余人从安徽省全椒、滁县(今滁州)、明光、蚌埠等地出动,分多路对京津路以西藕塘以南全椒西部的周家岗、大马厂、古河等地进行"扫荡"。新四军江北指挥部副指挥兼第四支队司令员徐海东,指挥第四支队第七、第九团,在周家岗、玉屏山等地,利用有利地形,迎击日伪军。

钟读恩和连长受命率领连队在周家岗设伏。21日拂晓,当日伪军由大马厂出发进犯周家岗途经玉屏山时,金重和战士们迎头痛击这股敌人。战斗十分激烈，双方来回争夺周家岗。新四军装备有限，子弹很快打光了。战士们跳出战壕，与日伪军拼刺刀。

钟读恩虽然是个书生，但长得人高马大，在战地服务团时就刻苦训练战斗技巧，到了连队，更是与战士们天天操练。所以在战场上与日伪军真刀真枪地拼刺刀，他毫不含糊。

当然敌人也不是纸老虎，金重的对手是个戴眼镜的日本兵，日本兵嘴里哇啦哇啦地叫着，刺刀拼得有板有眼，两个人棋逢对手。这时，金重发现有两个日本兵正围着连长拼杀，连长陷入被动。金重心中着急，连忙卖个破绽，对面的日本兵以为得手，挺着刺刀扎过来，钟读恩不退反进。鬼子的刺刀扎进金重的大腿，而金重的刺刀刺进鬼子的心脏。

钟读恩刺死了敌人，忍着剧痛，杀向围着连长的两个鬼子。两个鬼子相互看了一眼，便一起来对付钟读恩。钟读恩腿脚不便，被一个鬼子刺中肚子。金重双手死死抓住鬼子的刺刀，连长趁机一刀刺中这个鬼子。另一个鬼子又是一刀刺中金重，连长抓住机会又一刀刺向另一个鬼子。

两个鬼子被干掉了，金重却倒下了。

此次战斗，毙伤日伪军160余名，俘虏日军1名、伪军4名。这是新四军在皖东首次反"扫荡"的胜利，对巩固和发展皖东抗日根据地具有重要意义。

四

金重被送到新四军后方医院后，一直处于昏迷之中。他醒来的时候，发现病床边有一位年轻的护士，正扑闪着大眼睛看着他。护士见他醒来了，惊喜地叫道："醒来了，钟读恩苏醒了！"

医生们都跑了过来，向金重竖起大拇指，纷纷称赞道："奇迹，奇迹，负了这么重的伤，连肠子都流出来了，居然还能活过来。"

金重的伤确实很重，身中三刀，一刀刺穿大腿，一刀刺透肚子，一刀刺穿肋部，失血很多。连长把他送到医院，每个医生都直摇头。连长急得要给医生磕头。但是，金重硬是挺过来了。

金重嘿嘿傻笑着，憨憨地说道："日本鬼子还没有被赶走，我怎么能死？"

医生都走后，那个护士还不走，金重好奇地问道："咦，你怎么知道我叫钟读恩？"

护士说："你是大英雄，谁不知道你就是钟读恩？再说，再说人家早注意到你了。你在战地服务团时，你们钟家两兄弟，是有名的'军中秀才'，我们后方医院的护士经常谈论你们哩！"

钟读恩想不到这个护士对他这么关注，他也喜欢上了她。这个护士名叫小翠，跟钟读恩同龄，都刚刚二十一岁。小翠原是医学院的学生，城里人，抗战全面爆发后，成为一名流亡学生。她坚决要求参加抗日队伍，就这样她参加了新四军，成为一名后方医院的护士。

两个年轻人四目相对，心中碰撞出火花来。他们一有空就在一起谈天说地，谈抗日救国，说战地烽火，憧憬建设新中国，憧憬将来的美好生活。钟读恩的伤病渐渐痊愈，两人的感情也迅速升温。两人悄悄约定，等抗战胜利后就结婚。那一刻，两个人的脸都红了，是羞涩、是兴奋、是深情，也饱含着无限的憧憬。

小翠知道钟读恩很快就要离开医院，不能与她朝夕相处，她紧紧拉住钟读恩的双手，不想看到他离去，但又鼓励他好好工作，继续战斗。钟读恩对小翠依依不舍，但还是向领导要求提前出院。

新四军二师（高敬亭牺牲后，四支队改编为二师）遵照党中央确定的"向东作战，向北发展"的战略方针，主力部队渡江北上。日伪军集中大量兵力，对我抗日根据地大肆"扫荡"。

1942年9月，为了粉碎敌人的"扫荡"，新四军与地方抗日武装集中在母子圩举行会议。为了消灭来犯的日伪军，掩护主力部队和群众安全转移，驻守二十七圩等地的新四军第二支队第四团第三营迎头痛击敌人。由于敌众我寡，三营教导员执行命令不坚决，有畏战情绪，部队动作缓慢。

这天，钟读恩又去找院长交涉，忽然跑过来一个通讯员，向院长啪地敬一个礼，递上一个信札。院长打开信札，冲钟读恩说道："这回我留你也留不住了，首长命令你马上去团部。"

钟读恩十分振奋，一口气赶到团部。首长正着急地来回踱步，见钟读恩来了，便语气急促地说道："钟读恩同志，团部命令你速去界牌镇，接替担任三营教导员，带领部队完成任务。"

钟读恩临危受命，知道这是首长的高度信任，深感肩上的担子很重。他还没来得及跟小翠打声招呼，就飞快向界牌镇赶去。小翠得到消息想看一眼钟读恩，可哪里还能看到他的身影？

钟读恩到了三营，首先分析了当前抗战形势，激发干部和战士的斗志，然后与大家一起研究战术，决定采取"兵分两路、设伏阻击、迂回包抄"的战术，由七连重点阻击，九连配合，八连绕道穿插到敌人背后，迂回包抄打击敌人。战斗从上午八时持续到下午四时左右，新四军打退了日伪军多次疯狂反扑。下午五时左右，日伪军在连续遭到三营勇猛反击后，损兵折将，元气大伤。有一股日伪军逃至界牌镇内一座砖墙瓦房内固守待援，钟读恩带领部队尾随冲杀，逐巷逐屋进行清剿。

没想到这栋房屋里有一对不愿撤退的老人，被日伪军抓住作为人质。新四军部队不能强攻，钟读恩与身边同志商量了下，便要身先士卒，亲自从屋后死角爬上屋顶，揭开瓦片，居高临下，偷袭敌人。战士们纷纷请战，都被钟读恩按下。钟读恩交代一番，一猫身子，到了那栋房屋的死角，身手敏捷地爬上屋顶。钟读恩举枪向敌人射击，敌人猝不及防，被打得晕头转向，随即一起举枪向钟读恩射击。钟读恩身中数弹，跌滚下房屋。战士们则乘机冲进房屋，全歼了敌人。

钟读恩壮烈牺牲，他献出了二十一岁的年轻生命，保护了群众，赢得了战斗的胜利。

五

钟读斌在一块荒地前站下，从怀里摸出一堆物件来，喃喃地低诉："读恩啊，我一直忙于战斗、工作，没能抽出时间回家乡，而今我终于把你带回家来了。"

钟读斌开始用手挖土，一边挖土，一边低声诉说："读恩啊，你的这些东西，是你牺牲后团政治处主任裴先伯交给我的，裴先伯悲痛万分地对我说：你年轻有为，英勇善战，屡建战功，是新四军的优秀政治工作者，又是一名出色的指战员。他深深叹息你牺牲时太年轻啊！"

村里人一直远远地看着钟读斌，不敢过来打搅他，见他用双手挖土，便拿来铁锹，过来帮钟读斌。钟读斌接过铁锹，向大家甩了甩手，要一个人亲手挖。大家便不敢帮忙，任钟读斌一个人挖土。

钟读斌一锹一锹地挖，挖了个大坑。钟读斌的一个随从抬过来一个精致的木头箱子。钟读斌将钟读恩的遗物一一放进木头箱子里，细细整理着木头箱子里的衣物、本子、笔以及女人的发夹等物件。

这些遗物，有的是钟读恩的，有的是小翠的。

钟读斌摆弄着小翠的遗物，又老泪纵横，痛哭不已地诉说："读恩啊,你牺牲后,小翠也去了前线部队,成了一名前线军医。在一次作战中,一名战士被子弹击中,胸膛血流如注,小翠冲上去抢救这名战士,敌人罪恶的子弹却射中了她。小翠的这些遗物也是裴先伯交给我的。这里有小翠的笔记,记录着你俩的感情。遗憾的是小翠的大名没人知道,也没人知道她的家乡、亲人,那好,这儿就算她的家乡吧……"

钟读斌将木箱放在坑里,然后扔下铁锹,双手一把一把地捧起泥土填进坑里,一直到傍晚,堆起了一个高高的坟包。此刻,凉风刮起,下起霏霏小雨,这空旷的田野上响起一片低泣声,格外悲壮、深沉。

钟读斌抬起头,环视四方,目中含情,仰天长啸:"读恩啊,瞧这一片大好河山,你铁血丹心尽化江山秀,值得啊!"

此后,每年的清明节,都有数不尽的人来这座坟墓前吊唁、瞻仰、缅怀,敬献鲜花,举拳宣誓。有干部群众,有青少年学生,有钟读恩家乡的人,也有特地赶过来的远方客人……

郎劝娘子投革命　妻把夫骸背故乡
——品读胡孟晋烈士家书背后的故事

舒城县百神庙镇胡孟晋纪念室坐落在百神庙镇舒平村，这是一个远离城市，有着浓厚乡土味的村庄。稻子在田野里如浪花一样扑面而来，稻花的香味散发在空气里，引得蝶儿、蝉儿、鸟儿纷至飞来，它们或翩翩飞舞在稻田的上空，或停留在树梢上、电线杆上，呼朋引伴，尽情地释放着青春的热情。村里的现代气息也充分展现，四通八达的柏油路蜿蜒在家家户户的房前屋后；葱郁的树木挺立在道路的两侧，英姿飒爽拱卫着村庄；一座高架桥横空而过，把村庄与合肥、北京、上海、广州等大城市悄然联系起来。

八十多年前，全面抗战刚刚爆发，二十六岁的青年才俊胡孟晋就是从这里出发，投身革命。想必当时应没有这种安宁、祥和的环境；想必他做梦也不会想到八十多年后的村庄会有如此现代的气息。但这样的环境，又何尝不是他当年毅然决然投身革命所努力的结果？

一

月亮悄悄爬上了树梢，把小庭院照得雪白雪白的，微风吹来，飘来了阵阵桂花的香味。女人抬头望了眼月亮，月光清澈，洒映在院里桂花树的枝头上,她纺得更快了,纺车如风一样轻快地旋转着,轮子飞转,纱团一层层变得饱满,白花花的纺纱如银子一样跳跃着。

女人一天能纺多少纱呢?不知道。她从早到晚,只要一有空闲就开始纺。小院子靠墙的其中一边,码起了如长城一样的纱团。这纱团,她不仅仅用来为家里的老人和孩子做衣服。每到月底,还会有城里的人前来收纱团,运到各大城市,做成各种服装,供城里人消费。

女人边纺纱,边抬头望望天空。皓月当空,月光如洗,照得小院更亮了。

"笃,笃笃!"明显的三声敲门声。女人不禁一惊,这么晚会有谁来敲她的门呢?在这兵荒马乱的年代,她的警惕性是非常高的。

"我,孟晋。"女人贴在门边,听出是丈夫胡孟晋的声音。她赶紧开了门,又迅速把门闩上。

女人停下了手中的活,把丈夫迎到屋里。她打量着他,丈夫头戴一顶草帽,粗布蓝衣,裤子膝盖处破了一个洞,脸上明显憔悴了点,头发也长了。她打来了热水,让他洗了脸。她开始淘米做晚饭,要准备几个像样的菜。

女人的丈夫就是当地赫赫有名的新四军战士胡孟晋。胡孟晋生于1912年,1936年,二十四岁的胡孟晋从师范学校毕业,回老家办学,认识了二十一岁的张惠,两个人情投意合,不久便成婚了,并育有三个孩子。1937年,日寇全面侵华,二十六岁的胡孟晋毅然决定投笔从戎,与爱国进步青年范达夫、孔社云、钟建平等,奔赴大别山腹地参加新四军。

分别一年多了,张惠天天想、夜夜思,没想到,丈夫突然归来,令她激动万分。

"娘呢?"胡孟晋急切地问着。

"在里屋休息了。"张惠小声地说,向里屋努了努嘴。

"孩子呢?"

"白天疯了一天,现在睡得正香。"张惠带他进了孩子的房间,胡孟晋抱起他们亲了亲。

夜里,他们一直说着话。

他描述着一年来的革命经历和见闻,忽而压抑、忽而高昂,完全沉浸在革命的洪流中。她睁大惊奇且渴望的眼睛,被他描述的故事完全俘虏,她更加崇敬自己的丈夫了。

"我加入中国共产党了!"胡孟晋把声音压到极低对她说。

"共——产——党。"她在手心里比画着这三个字,这是令她无比向往的组织,丈夫也成为其中一员了,她激动地流出了泪水,依偎在他的怀里,紧紧地搂住了他,感到无比的自豪和踏实。

"你也可以参加革命的。"他鼓励着她。

"我吗?"她不敢相信自己。

"是的,当前日寇入侵,我们已到了亡国灭种的地步,只有人人奋起抗战,才能保住我们的国家,我们的民族。"

"家里老的老、小的小,不能都去革命吧?那谁来照料我们的老人和孩子呢?"

"支持抗战有多种形式,比如,丈夫参军,你们贤内助不要阻挠,要支持;他们在前方遇到困难,你们要帮助,不要拖后腿;新四军到了村里,你们要积极掩护,做好他们的后勤保障。"

"这些我都可以做到。"张惠很有信心。

"你可以参加当地的妇救会,把群众组织起来,提高他们的觉悟,动员更多的妇女参加抗战。"

"我行吗?"

"当然行。"

这一夜,他们谈了很多很多,没有谈家长里短,谈论的都是抗战、民族、国家,他们已自觉地把自己的命运融入整个民族和国家之中了。

二

胡孟晋回来了,这消息在范达夫、孔社云、钟建平等爱国进步青年的家人中传开了。

扛着锄头的父亲来了,颤巍巍的母亲来了,羞红脸的妻子来了,他们打听着各自家人的情况,胡孟晋向他们讲述着各人的工作,宣传革命的道理,希望他们能支持家人安心抗日。

"只有打败了日本鬼子,我们才有安宁的生活,皮之不存,毛何附焉?国之不存家何在?"张惠在胡孟晋的启发下,把深刻的道理讲得那么细致入微,他们静静地听着,也更理解了家人的工作。

"他们在前方抗日,我们也可以在后方抗日,我们不会输给他们的。"张惠开始在妇女中开展鼓动工作。

"是呀,出去一年多了,也不来一封信,以后不知会把头昂到多高了。"范达夫的女人小勤说。

"妇女也能顶半边天,他们能干的,我们也能干。"孔社云的女人小敏性格一向泼辣,不甘示弱地说。

"古人讲:天下兴亡,匹夫有责。男人出去抗日,我们在家也要支持抗日。"张惠也是读过书的人,这几天在胡孟晋的鼓励下,也学了很多新名词,讲起话来引经据典。

"我们成立一个妇女抗敌协会,把全村的妇女团结起来,动员大家加入抗日的战线。"张惠越说越激动。

"那我们就拉队伍干起来，他们在前方，我们在后方，打他个小日本鬼子。"小敏响应最积极。

"这事我要回去和婆婆商议商议，我家里有老有小，怕不方便。"有几个妇女缩在角落里，怯生生地说。

"暂时不愿参加的，我们不强求，但我们的大门永远向你们敞开，随时欢迎你们加入我们的抗日队伍。"张惠很是通情达理，说得大家心里暖暖的。

张惠开始筹办抗敌协会，她一家一家地跑，宣传抗日的道理，动员人们支持抗战。

"她是共产党新四军胡孟晋的婆娘，她这么抛头露面，一点没有妇女的淑德，跟她跑没有好处，以后要遭砍头的。"村里的保甲长威胁村民。

这样，一些原来参加抗敌协会的村民又退出去了，有些好心人把保甲长的话悄悄传给了张惠。

"抗日有罪吗？打日本有罪吗？"张惠义正词严地质问保甲长，保甲长灰溜溜地逃走了。

抗敌协会即将成立，张惠被推选为会长。她既激动又不安。激动的是自己能与丈夫一样为抗日做贡献，不安的是自己能否胜任。毕竟，明天成立大会就要召开，千百人将在台下听她演讲，自己能讲好吗？她心里实在没底。

"不要怕，我们干的是光荣的事业，人们会理解和支持我们的。"胡孟晋鼓励她道。

晚上，月光下，妻子张惠与进步的妇女们筹备着协会成立的事宜，丈夫胡孟晋在油灯下奋笔疾书：

"（一）说话要明白清楚，要慢点，不要太快。

（二）目光要注意会场，不要对某一处望。

（三）态度宜和蔼，说到乐的地方要表示快乐，悲的地方要表现悲，才能感动人。

（四）不要怕丑，不要慌，胆子要大。常说话就好了。

（五）要一句句的，说话式的，不要像背书似的。

（六）话语不要太长，拣要紧的说。

……

以上十一点是演讲大概的注意事项，多练习，多听，大胆地讲，将来可成为演说家。"

书信的末尾，胡孟晋充满赞美、无限深情地给予妻子鼓励："天下无难事，只要专心耳。不怕困难，不怕失败，不怕苦，上天下地皆可以！"

"努力吧，妇女解放的先锋！练习吧，未来的演说家！奋斗吧，革命的女英雄！"张惠望着丈夫殷殷鼓励的话语，她迸发出了无穷的力量，慷慨陈词，日本为什么要侵略中国、如何侵略中国、给中国带来无穷苦难，有理有据，激发起大家无限的抗日热情。

"打倒日本帝国主义！"

"打倒法西斯！"

"解放全中国！"

一浪高过一浪的口号声响彻小山村。

张惠没有辜负丈夫的期待，逐渐成长为妇女抗敌协会的主要力量。

三

1939 年 11 月 28 日，胡孟晋的假期结束，他要归队了。

月光倾洒在大庭院里，张惠在纺纱，胡孟晋把如萝卜样的白色纱锤一圈圈码在院子的墙角处。他抬头望了望明月，明月好像也瞧了瞧他。"月上柳梢头，人约黄昏后。"他想起了欧阳修的这句诗，感觉这诗就是为他和张惠写的，让他不免有些伤感。

这次两个月的假期，他有种满满的收获感，不仅把妻子和村里的妇女们发动起来了，还成立了妇女抗敌协会，村里的抗日活动也进行得如火如荼，人们的抗日热情空前高涨。

"无情未必真豪杰，怜子如何不丈夫？"他最舍不得还是自己的妻子和孩子。这一去，不知什么时候才能回来，家里的重担全部落到了妻子身上。这样想着，看着妻子瘦削的身影，他有点心疼了。

他不忍看着妻子在月光下忙碌，房间里，他点起了油灯，铺开了一沓黄草纸，他要在即将告别妻子的夜晚，把万千话语倾诉在这一页页纸上。

最亲爱的惠：

我们又要离别了！当你听到了离别的声音时，或许会不高兴吧！

亲爱的，谁不愿骨肉团聚，谁不留恋家庭的甜蜜？要知道国家民族比个人前途更重要，因此又要别离亲人，而远征他乡了。

为了你的思念，千里外的我，暂时停了救国的工作，越津浦、跨淮南，到达别离一载的故乡来。二月来的团聚欢谈，畅言国事，解释问题，你的政治水准提高了，民族意识加强了，革命的阵营中，增加一位健将了。

畸形发展的中国，教育不普及，人民的知识简单，而妇女尤甚，只要家而不顾国。大难当头，应踊跃赴前线杀敌，而妇女们阻碍其夫或其子之伟志。希望你将无知识的妇女组织起来，宣传和教育她们，使伊等知道："皮之不存，毛何附焉？""国之不存家何在？"使她们不至含泪终日，倚门遥望前线上的夫、子早日归来！（望胜利归来）

……

在外的我，身体自知珍重，一切当知留心，请你安心在乡努力妇女解放的事业，成为女英雄，我在外对革命之伟业亦更加努力！别了，别了！

第二天，天蒙蒙亮，月亮已模糊了，启明星升起来了。胡孟晋和张惠手牵着手向村外走去。

"我不会拖你的后腿，我是你安心抗日的坚强后盾。"妻子流着泪与丈夫挥手告别。

送走了丈夫，张惠积极投身于抗敌协会的工作，带动和影响了一批妇女走出家门，为家乡的抗日工作做出了不懈的努力。

1941年皖南事变爆发，胡孟晋所在的新四军江北部队立即陷入了前所未有的困境，"又要和日本人打，又要和汉奸打，又要和国民党打，随时随地都要准备战斗"。

张惠也遇到了巨大的压力，国民党保甲长三天两头找张惠，要她把胡孟晋叫回来参加国军。张惠只能东躲西藏，与那些人周旋。见到保甲长从前门来了，她就从后门逃走。

1942年年底或1943年年初，胡孟晋从淮南抗日根据地转入皖中抗日根据地，工作地就在无为。胡孟晋派交通员接张惠母子来到了无为，他们一家再次团聚了。

一家人团聚是开心的，但胡孟晋依然很忙，每天天不亮就出门，很晚才回来，而张惠也没闲着，总带着两个孩子走村串户，与张家的婶子、李家的媳妇促膝谈心，有的还认了干亲。原来张惠以此为掩护做群众工作，动员和发动她们加入抗日工作。

小孩子是顽劣的，他们喜欢四处跑，有一次他们跑到了敌占区刘家渡，那里是被日军占领的沦陷区，荷枪实弹的日军把持着集市的进出口，小孩子们咋舌也就跑回来了。还有一次遇到日军扫荡，他们无处躲藏，仓促中几个孩子竟然猫着腰在水稻田中躲了大半天。

四

"人家出去工作都给家里许多接济，有的家里还荣华富贵，他参加工作倒好，还要叫家里去支援他，给他寄钱，叫我们把家产变卖去支援他。"初春的早晨，胡孟晋的老母亲就开始埋怨。也难怪老母亲抱怨，在这青黄不接的季节里，家里人的吃饭都成问题，胡孟晋却来信要家里接济他。

张惠没有吱声，她知道家庭的困难，这么多口人吃饭，租种人家的土地，又没有一个主劳力，生活上的捉襟见肘可见一斑。但她坚强支撑着，每天她都纺纱到很晚，不仅满足家里人的穿衣需求，还能卖一点出去贴补家用。

在特别艰难的日子里，夜深人静时，油灯下，她从墙缝里拿出牛皮纸，再从牛皮纸里抽出一封封信。丈夫的字是那么的工整和大气，字里行间透着对她的无限深情，以及对祖国的热爱和对日本军国主义的痛恨。在丈夫的信里，她找到了克服困难的心灵慰藉：

"惠啊，我们要看清时代，当此革命时期，家庭衣食可维持就够了,不要有其他念头。要知道整千整万的难民,千百万的劳苦大众,生活是多么的痛苦啊!人生来是要干伟大的事业,而不是做了金钱的奴隶呵!太看重金钱的人是最污脏的,不要与之往来。"

丈夫好像看透了她们的现状,要她们不要太看重金钱,粗茶淡饭即可。而视金钱为粪土的丈夫现在却突然来信要接济,说明他确实遇到了极大的困难,或者革命事业正需要钱。这么多年来,在丈夫的影响下,她也明白了革命的道理:要为着革命,为着独立自由幸福的新中国而努力奋斗。对于丈夫从事的这项伟业,她只有想方设法满足丈夫的请求,而无半点推托的理由。

虽然艰苦,但为着丈夫的事业,为着民族的解放,张惠无论做出什么牺牲,都是心甘情愿的,卖嫁妆、当家产,她都毫不犹豫。她把家里仅剩的一点东西寄给了丈夫,她的心里也得到了极大的慰藉,因为她觉得这是为革命工作又做了一分贡献。

抗战胜利后,胡孟晋随军北撤,家书不通,张惠从此与丈夫失去联系。张惠在家乡的日子也不好过,内战全面爆发,她受到国民党的迫害,只好带着孩子四处逃难。

1948年,全国战场捷报频传,张惠焦急等待丈夫的消息。

白天,张惠动员群众,积极投身人民解放战争;夜晚,她翻阅丈夫的一封封家书,夜不能寐。

一定要找到丈夫,她下定决心,要只身前往解放区。

就在这时,她的弟弟,革命者张轼因肺结核病复发,回家休养。

她有种不祥的预感,丈夫会不会有什么意外?

果然,她从张轼口中得知,胡孟晋早已在1947年随部队北撤至河北故城县时病故。

张惠以泪洗面，几度哽咽不能语。

化悲痛为力量，张惠把更多的时间和精力投入工作中。

后记

1949年，舒城迎来了解放。

"孟晋，你的愿望实现了，人民解放了，中国人民站起来了！"

"孟晋，我要接你回家，看看家乡的新变化！"

每天，张惠都对着胡孟晋的家书喃喃自语。

"我要把丈夫背回来。"当张惠作出这个决定的时候，连她自己都不敢相信，但这位秉性坚强、办事果断的女子，说干就干。她自带干粮，在弟弟张杰的陪同下，日夜兼程，用一床棉被把烈士遗骸背回了老家。

"孟晋，你回家了，看看家乡的变化吧，你奋斗的事业今天成功了，你看看人民的喜悦之情吧。"张惠捧着丈夫的遗骸，向他诉说着，自己早已哭成了泪人。

"郎劝娘子投革命，妻把夫骸背故乡。"张惠让丈夫"马革裹尸还"的义举令家乡人民无不称赞和敬佩，杨震县长代表县政府赠予一口棺材对烈士遗骸进行重新安葬。

今天的烈士家乡——舒城县百神庙镇，流水潺潺、鸟语花香，烈士的墓地也被修葺一新，成为爱国主义教育的重要基地。每逢清明、六一、国庆等重要节日，四面八方的群众纷纷前来凭吊、悼念，少先队员们排成整齐的队伍，向烈士讲述着今天的幸福生活，告慰烈士在天之灵，传承红色精神，把红色江山一代代传下去。